허술하면 좀 어때

처음하면 좀 어때

이런 나인 채로, 일단은 고!

띠로리 지음

푸른숲

여느 날과 다름없는 띠로리소프트의 오후, 조그만 작업실에서

털 먼지와 싸우며 인형을 만들고 퇴근하던 시간. 문득 불 꺼진 작업실

구석에 쌓인 인형들을 물끄러미 바라보았습니다. 띠로리소프트를

시작할 즈음부터 지금까지 제가 만들었던 인형들이지요. 3년이라는

시간을 고스란히 인형만 만들며 보냈더니 인형들이 제법 많이도 쌓여

있었습니다. 인형 하나하나 눈을 마주치던 중에 불현듯

친구가 했던 말이 떠올랐습니다.

"네가 만든 인형을 보면 꼭 네가 낳은 자식 같아."

듣고 보니 정말 그랬습니다. 어딘가 똑 부러져 보이지 않은, 어디 가서

밥은 잘 먹고 다니는지 걱정되는 가엾고도 귀여운 인형들.

사는 동안 제 인생의 중심 주제는 '나는 왜 이렇게 어설픈가?'였습니다. 완벽해 보이려고 노력하지 않은 것도 아닌데, 늘 어디선가 어리바리한 구석이 튀어나왔지요. 거치적거릴 게 없는 길에서 우스꽝스럽게 넘어진다든가, 피도 눈물도 없는 비즈니스 우먼처럼 차려입고 간 회의에서 눈에 낀 눈곱을 뒤늦게 발견한다든가….

제 인형들은 제가 숨기고 싶은 어설프고 애달픈 모습들을 은연중에 닮아 있었습니다. 어쩐지 맹한 표정, 희미한 미소, 늘어진 팔다리… 부모는 자식의 거울이라던데, 그래서일까요. 가끔 저란 사람의 존재를 제 인형으로 먼저 접한 사람들을 처음 만나는 자리에서 "정말 제가 상상했던 그대로세요!"라는 말을 듣곤 했는데…. 어쨌거나 저쨌거나, 저란 허술한 사람의 손끝에서 저와 마찬가지로 허술한 인형들이 탄생하고야 말았습니다.

하지만 그런 인형을 만든다고 해서 그 과정 또한 요행을 바라며 얼렁뚱땅할 수야 없습니다. 내 아픈 손가락 같은 인형들을 끌어안고, 세상에 소개하고 판매해야만 하니까요. '어리바리 공주님~♡' 하고 내 머리를 꿀밤 때리며 넘어가기엔, 일이란 다소 험난하고 어려운 과정이니까요. 하지만 말했듯이 저는 꽤나 빈틈이 많은 사람. 그리고 하루아침에 사람이 바뀌기란 하늘이 두 쪽 나도 어려운 일. 그래서 제가 선택한 방법은, 아니 선택할 수밖에 없었던 방법은…

허술한 나인 채로 최선을 다하기.

말하자면, 허술하게 허슬 hustle 하기입니다.

다시 태어나지 않는 이상 내가 아닌 누군가가 될 수는 없겠지요.

더군다나 완벽하고 군더더기 없는 사람이란 더욱이요. 결국 이렇게 된 거, 저는 '허술함의 최전선을 지키는 용사가 되리라!' 그렇게 듣기엔 다소 허황되고도 제 딴에는 아주 진실한 결심을 했습니다.

맞는 길을 포기하는 것이 아니라 다른 길, 더욱이 내가 더 잘할 수 있는 길을 걸어가기로 한 것이지요.

이 책에는 그런 허술함 속에서 한 발 두 발 앞을 향해 내딛었던 제 삶의 면면과 제 인형들에 대한 이야기를 소상히 담았습니다. 그저 허탈하게 웃긴 인형을 만들기 위해 심혈을 기울여 눈·코·입을 달고, 허술함의 도(道)를 깨치기 위해 부단히 노력하던 나날들, 좌충우돌 실수하거나 실패했던 일들…. 쓰면서 '아니, 이토록 어이없는 사건이 많았던가?' 싶을 정도로 웃기고도 슬픈 일화들이 새록새록 떠올랐어요.

그러나 신기한 건, 아무리 실수투성이였어도 마냥 후회스럽지만은 않다는 사실입니다. 끝은 어설플지언정 나름대로 애쓰고 노력했던 결과니까요. 무엇보다 중요한 건,

망한 것 같아도 티만 안 나면, 또 한바탕 웃음으로 넘길 수 있다면

그걸로 된 거니까요. 그런 와중에 잠깐 허술해 보이는 것쯤이야

별일이랴 싶습니다.

왜 그토록 열심히 해도 세상은 '넌 아직도 서툴다'며 무어라

하는 걸까요. 그럴 땐 차라리 벌떡 일어나서 "그래! 나 허술하다,

어쩔래!"라고 소리 높여 외치고만 싶습니다.

'넌 아직도 서툴다'는 말에, 입속말로 "아닌데…?" 중얼거리는 당신,

거기 계신가요? 보기엔 허술할지라도 속으로는 고군분투하고 있을

당신 말예요. 이 책은 바로 그런 당신을 위한 책입니다.

2023년 여름

띠로리

차례

② 딱 하루치 귀여움

❸ 망했어도 티만 안 나면 오케이

그래도 제법 번듯하지 않나요?

잡지 인터뷰나 좌담에서 자기소개를 해달라는 말을 들을 때마다 늘 "코미디 조각가"라고 대답하곤 한다. 코미디 조각가가 무엇인지 정확하게 무엇이라 설명하기는 어렵다. 그도 그럴 게, 내가 만든 말이기 때문이다. 이 이름이 탄생하게 된 계기는 대학생 때로 거슬러 올라간다.

대학 시절에 조소를 전공했다. 조소는 조각과 소조의 합성어로 '조각'은 깎는 것, '소조'는 붙이는 걸 뜻한다. 하지만 조각의 의미 안에 소조가 포함되어 있기도 하다. 보통 미술 비전공자들을 만나는 자리에서는 비교적 생소한 단어인 소조 대신 간단하게 "전 조각을 전공했어요"라고 말한다.

왜 조소과에 입학했는지는 고등학교 3학년 때 본 스톱모션 애니메이션 이야기를 하지 않을 수 없다. 수능을 망치고 슬픈 마음을 잊기 위해 영화나 한 편 보자 싶어서 인터넷을 뒤지다가 "박스트롤"이라는 제목의 애니메이션을 골랐다. 언젠가 재미있게 본 〈코렐라인: 비밀의 문〉의 제작사인 라이카 스튜디오에서 만들었다는 소개 글을 보고 흥미가 생겨서였다.

〈박스트롤〉의 등장인물 중 가장 지위가 높은 사람들은 하얀 모자를 쓰고 자기들끼리 모여 치즈를 먹는다. 치즈 먹는 행위는 어쩐지 높이 평가되어 있고, 누구나 하고 싶어 하는 일로 그려진다. 하얀 모자를 쓴 사람들보다 지위가 한 단계 낮은 계층 사람들은 빨간 모자를 쓴다. 영화의 주요 악당인 '스내처'라는 인물이 바로 이 계층에 속하는데, 하얀 모자를 쓰는 사람들을 선망해서 치즈 알레르기가 있는데도 불구하고 치즈를 먹으려고 애쓰고, 원하는 바를 이루기 위해 권모술수를 마다하지 않는다. 그런 스내처에게 주인공은 일갈한다.

"치즈나 모자 따위가 당신을 규정짓지 않아. 자신이 스스로를 바꾸는 거야."

그 시절, 스스로를 그저 수능을 망친 실패자라고만 여기고 있었다. 모든 대한민국 학생들은 대학에 가는 것만이 인생의 종착점인 양 교육받으니까(이런 관점대로라면, 모두들 스무 살에 인생이 끝나야 맞겠지…). 그런데 '치즈나 모자 따위가 당신을 규정짓지 않는다'는 그 말을 듣고 오소소 소름이 돋았다. '행복은 성적순이 아니잖아요' 같은 말에는 영 심드렁할 뿐이었는데. 같은 뜻인데도 예술 작품의 입을 빌려 들으면 당구 칠 때 변화구로 공을 맞추면 희열이 배가되듯 더 큰 감동이 느껴진다.

그날 이후로 스톱모션 애니메이션에 대해 찾아보기 시작했다. 2초가량의 영상을 만들기 위해 무려 40명의 스태프가 일주일 동안 찍는다니 그런 중노동이 또 없었다. 3D 그래픽으로 머리카락의 움직임까지 한 올 한 올 살아 있는 듯 표현할 수 있는 시대에 아무도 시키지 않은 스톱모션 애니메이션을 만들고 있는 사람들이라니. 비교할 만한 대상인지는 모르겠지만, 마치 신부나 목사처럼 구도자의 태도를 가진 사람이나 할 수 있는 일만 같았다.

이전까지는 '미술을 좋아하니 디자인과에 가야겠다…'라는 막연한 생각뿐이었다. 하지만 그 조그만 인형들을 마이크로 단위로 움직여 한 장씩 고이고이 찍던 스톱모션 애니메이터들의 모습이 머릿속에서 지워지지 않았다. 짧디짧은 순간의 미미한 움직임과 얼굴 표정을 위해 몇백 개의 파츠를 만드는 수고로움에 왠지 모르게 매혹되었고, 어느새 그걸 하고 싶어졌다.

더 고민하지 않고 정시 지망서에 "조소과"라고 적어 넣었다.

운이 좋게도, 원하던 조소과에 그해 입학하게 되었다. 하지만 희망차게 교문에 들어선 발걸음은 얼마 지나지 않아 무거워졌고, 얼굴빛도 흐려졌다. 조소과에 가긴 했어도 내 목표는 스톱모션 애니메이터가 되는 것이었다. '아그리파'나 '비너스' 같은 조각상을 만들고 깎는 것에는 아무런 흥미도 생기지 않았다. 수업을 따라가지 못하자 학교도 가기 싫어졌다.

학교에 가고 싶지 않았던 결정적인 이유는 따로 있었다. 작품에 심각한 의미를 집어넣으려고 다들 기를 쓰는 학과 분위기 탓이 컸다. 처음에는 자신만의 내밀한 이야기 혹은 도외시되는 사회적 문제를 예술로써 표현하고 치유할 수 있다고 믿었다. 그런 점이 예술의 순기능이라고. 물론 실제로 그렇긴 하지만.

그러나 학과 학생들끼리 모여 서로의 작품에 대해 합평하는 시간이 점점 중독자 자조 모임 같은 양상을 띠기 시작하자 정말이지 피곤해졌다. 나 또한 예술로써 세상에 영향을 주고 싶었지만, 이런 식으로는 아니었다. 애초에 예술이 세상에 영향을 줄 수 있는지 의심이 생겼다. 소외된 이웃을 돕고 싶다면 길에서 '이웃 돕기' 팸플릿을 나눠주는 쪽이 오히려 낫지 않나, 하고 삐딱하게 앉아 있을 뿐이었다.

점차로 나는 세상에 어떤 영향도 주지 않을 것들만 만들기로 했다. 길에서 주운 폐품과 다이소에서 산 공산품을 얼기설기 조합해 웃긴 조각을 만들었다.

또다시 다가온 합평 시간. 장황하게 설명하기도 싫어 그저 '짜잔!'이라고만 말하고 싶은 심정이었으나 꾹 참고 "아상블라주입니다"라고 말하곤 공손하게 서 있었다. 그러면 "오브제로 대충 무마하려고 하느냐?" 무어라 하는 선배도 있었다. 그러거나 말거나, 그의 말마따나 오브제로 무마한 내 작품이 내 마음에는 쏙 들었다. '선배도 무마하세요!'라 하고 싶었달까.

앞서 말했듯, 쓸모로 따지자면 예술은 아무런 의미가 없다. 하지만 모두가 한 방향으로 걸어갈 때, '나는 안 걸으련다' 하고 우뚝 멈춰 서는 것만으로도 교통에 정체가 생기고, 질서에 균열이 생긴다. 그게 예술가가 세상에 행사할 수 있는 유일한 일이라고 믿는다. 모두가 심각한 가치를 찾기 위해 달려가는 와중에 나는 그러고 싶지 않다. 그러느니 주저앉아버리고 싶다. 그럼으로써 만들어지는 가치도 있다. 지난했던 대학교 4년간의 작품 합평 시간, 강의실에 잠자코 앉아 있던 끝에

'그걸 해야만 하는구나!' 깨달았다. 지금 이 순간, 벌떡 일어나서 천하제일 코미디 미술 대회를 열어야겠다! 이 모든 걸 반면교사 삼아 코미디 조각가가 되어야겠다!

그렇다고 해서 내가 하려는 것이 '개그콘서트' 같은 건 아니다. 내가 지향하는 코미디 조각이란 태도에 가깝다. 이렇다 할 야망이 없는 태도. 남을 웃길 마음이 전혀 없는데도 그냥 웃긴 사람처럼, 열심히 만든 조각으로 바람 빠진 풍선 같은 유머를 선사하고 싶다. 니들펠트를 처음 만들어보는 사람이 12시간 동안 만든 망한 작품처럼. 너무 만져대서 손쓸 수 없이 울퉁불퉁해진 도자기처럼….

지금은 인형을 만드는 사람이 되었지만, 아직도 스스로를 조각가라고 생각한다. 인형도 넓은 의미에서 부드러운 조각이다. 덧붙이면, 인형 자체를 만들려고 인형을 만들기 시작한 건 아니다. 내가 생각하는 코미디 조각의 가치를 구현하는 데에 인형이 매체로써 잘 어울렸기 때문이다. 흐물흐물하고 힘없는 동시에 복슬복슬하니 귀엽고, 만들자니 아주 수고로우나 손맛이 묻어나는 작업 방식이 마음에 쏙 든다.

〈박스트롤〉을 보며 감명 받았던 고등학교 3학년의 내게 언젠가는 직접 스톱모션 애니메이션을 만들어 고마운 마음을 돌려주고 싶다. 결국 네 덕에 지금 코미디 조각가가 되었다고.

 2020년 4월 1일은 내게는 꽤 의미 있는 날이다. 띠로리소프트의 사업자 등록을 바로 이날 했다. 떨리는 마음으로 사업자 등록증을 받아들곤 미소를 감출 수 없었다. 신청서의 상호명에 내 이름을 적어 내는 바람에 다시 한 번 신고하는 번거로움이 있긴 했지만, 어쨌든 내 인생의 새로운 챕터가 시작되었다는 생각에 흥분되고 설레었다. 한편으로는 이제는 정말로 빼도 박도 못하게 사업자가 되었으니 좀 더 책임감을 가져야겠다는 불안감도 동반되었다. 앞으로 찾아올 수많은 세금신고와 증명들은 어떡한담? 하지만 그런 고민은 차치해두고 너무나도 기쁜 날 아닌가. 사업자 등록증 종이를 팔랑팔랑거리며 친

구에게 달려갔다.

"나 사업자 등록했다!"

"만우절에 사업자 등록을 하다니 재미있네."

생각해보니, 공교롭게도 그날은 만우절이었다. 일부러 그러려던 것은 아니었는데. 매년 만우절마다 '나 오늘 사업자 등록한 날이다. 진짜 게 아니게?' 같은 엉터리 퀴즈도 낼 수 있겠네? 재미없는 진실보다는 재미있는 거짓말이 훨씬 좋다고 생각했던 터라 썩 마음에 들었다.

'띠로리소프트'라는 회사 이름에 대해 궁금해하는 사람들이 많다. 잠깐 설명하자면 다음과 같다. 드라마나 영화 등에서 등장인물이 당황하거나 좌절하는 순간에 "띠로리~" 하고 흘러나오는 익숙한 멜로디를 아시는지. 이 멜로디는 바흐의 오르간 연주곡 〈토카타와 푸가〉의 도입부에서 따온 것이다.

한창 회사 이름을 뭘로 지을지 골몰할 때, 마침 이 사실이 한 포털사이트 어휘사전의 '띠로리' 항목으로 등재되었다는 뉴스가 화제였다. 친구들과 놀다가 넘어지거나 눈앞에서 버스를 놓치거나 하면 '띠로리… 띠라리로리…' 하고 속으로 혹은 육성으로 내뱉곤 했었는데. 진지하게 적힌 '띠로리'의 사전적 정의를 목도하자 내가 만드는 인형을 설명하기에 전혀 부족함이 없는 단어라고 느꼈다. 더욱이 "띠로ー" 하고 발음하는 동안 입안에서 혀가 통통 튀다가, "리ー"까지 전부 발음했을 때의 그 황당하고 공허한 음정. 제법 괜찮은데? 이런 이유로 일단 작가명을 '띠로리'라고 정했다.

그다음 붙은 '소프트'는, 인형이 '소프트 조각 soft sculpture'이라는 의미에서 가져온 이유도 있지만, 평소 게임 회사나 택배 회사의 로고 이미지가 주는 속도감이나 박력을 동경해왔기에 거기에서 빌려온 것이다. 하루에 몇만 건의 소포를 지구 끝에서 끝까지 배달하거나 첨단 엔진을 이용한 게임을 개발해낼 듯한 느낌. 그러나 그 앞에 붙은 '띠로리'가 모든 걸 살짝 망쳐버리는… 그런 아이러니함에 끌렸달까? 어쨌든, '붙여놓으면 제법 전문성 있는 회사 이름 같잖아? 이걸로 밀고 나가야겠다!' 하고 뻔뻔하게 지어버렸다.

호기롭게 정했어도 원단이나 부자재를 보러 시장에 갔을 때 상인들이 상호를 물으면 왠지 창피해서 "띠…"까지만 말하다 말곤 했다. 띠로리가 뭐냐, 띠로리가…. 속으로 피식 웃었다. 고백하자면, 지금도 조금은 그렇다.

처음 인형을 만든 건 띠로리소프트란 이름으로 사업자 등록을 하기 겨우 2년 전쯤이었다. 친구와 집에서 뭘 할지 멀뚱멀뚱 궁리하다가 문득 떠올랐다. 인형을 만들어볼까?

당시 '등 푸른 고양이'라는 이름의 고등어 무늬 고양이 캐릭터를 그리고 있었는데, 그걸 한번 만들어볼까 싶었다.

원단이며 솜 따위는 하나도 없었기에 낡은 수건 위에 밑그림을 그렸다. 눈 감고도 바느질할 수 있는 지금과 달리, 그때는 바늘처럼 날카롭고 뾰족한 것을 보면 눈을 질끈 감아버리기가 십상일 정도로 뾰족한 것 공포증이 있었으니 바느질 실력은 어설프기 그지없었다.

손바닥에 쏙 들어오는 조그만 고양이 머리 인형을 거의 2시간이 걸려서야 완성했다. 엉성하고 부족한 점이 눈에 다 보였지만, 그 작은 인형을 꼭 안아버리고 말았다.

이사를 몇 차례 하며 습작을 많이 정리했는데, 이 인형만큼은 버리기 어려웠다. 상자에서 꺼내서는 '버릴까?' 한참을 보다가 다시 소중히 집어넣곤 했다. 초심을 잃은 것 같을 때 꺼내 볼 토템이라고 말하기에는 거창한 듯해 부끄럽다. 다만 '이런 시절도 있었지' 하고 허허 웃을 수 있으니 그걸로 족한 것 같다.

그 뒤로 시간이 날 때마다 인형을 만들었다. 다른 누구를 위해서가 아니고, 내가 갖고 싶은 인형을 만들고 싶어서였다. 처음 만들었던 고양이 인형을 좀 더 크게 만들어도 보고, 다리가 기다란 거북이나 테니스공을 만들기도 했다. 인형 만들기가 더할 나위 없이 즐거워서 온종일 인형만 만들고도 또 인형 만들 생각뿐이었다. 대학 시절, '작업'이란 건 과제가 주어져야만 하는 숙제와도 같았는데, 아무도 시키지 않았는데도 내가 좋아서 작업을 하고 있으니, 그런 내 모습이 낯설고 신기해서 동네방네 소리치고 싶은 심정이었다.

여러분! 인형 만드는 거 진짜 재미있어요!

인형 만들기에 푹 빠져들었지만, 내가 만든 인형을 본격적으로 sns에 게시하지는 않았다. 스스로 즐겁자고 시작한 일이고, 기껏해야 아마추어라고 여겼기 때문에 친한 지인들에게나 보여줄 뿐이었다. 내가 보기에는 웃기고 귀여워도 불특정 다수의 사람들도 좋아해줄지는 미지수였다. 대관절 이런 걸 누가 좋아할까? 그러던 중, 같이 고양이 인형을 만들었던 친구가 무조건 세상에 알려야 한다며 으름장을 놓았다. 반신반의하며 트위터 계정을 개설해서 인형 사진들을 올리기 시작했다.

　걱정과 달리 생각보다 많은 사람들이 내 인형에 반응해왔다. 웃기다는 사람도 있고, 멍청해 보인다는 사람도 있고, 너무너무 귀엽다는 사람도 있고! 모든 말들이 놀라웠다. 딸깍딸깍 클릭 몇 번으로 사진만 올렸는데, 시시각각 많은 사람들의 의견을 들을 수 있어서 신기했다. 가장 놀라운 점은, 인형을 사고 싶다는 사람들이 줄줄이 메시지를 보내온 것이었다. 돈을 받고 작품을 팔 수 있다니! 매번 공들여 작품을 만들곤 처치 곤란으로 부수거나 버리던 대학 시절이 스쳐 지나갔다. 사람들이 내 작품을 좋아해주고 돈을 조금씩 벌 수 있다면 작업을 계속할 수 있겠구나…. 차츰 희망에 부풀었다.

　띠로리소프트의 첫 탄생 이후 무엇부터 이야기해야 할지 모를 정도로 많은 일이 일어났다. 거짓말 같은 사업자 등록을 한 직후에는 한 미술관에서 주최한 그룹전에 참여했다. 미술관 측으로부터 전시 제안 메일을 받았을 때는 정말 내게 온 것이 맞는지 몇 번이고 읽어보았다. 그 후에도 여러 전시에 참여했고 팝업스토어도 열었다. 대학생 때 혼자 몇 시간이고 구경하던 귀여운 숍들에 입점해 인형을 판매하기도 했고, 졸업한 모교의 초청을 받

그래도 제법 번듯하지 않나요?

29

아 강연도 했다. 또한 작년부로 작업실을 얻었고, 작업을 도와주는 어시스턴트가 생겼다.

2년 전 여름, 모교에서 열린 강연에서 앞으로의 꿈이 무엇이냐는 질문에 '동료, 작업실, 노동 해방(!)을 얻고 싶다'고 대답했었다. 그때는 먼 훗날에야 그 소원을 이룰 수 있을 거라고 생각했다.

그때그때 주어진 일에 매달리다 보니, 자연스레 앞의 두 가지는 이뤘다. 단, 노동 해방을 이뤄내지 못해 아쉽다. 혹시 오해할까 봐 덧붙여두자면, 노동 해방이란 프롤레타리아 혁명을 의미하는 것이 아니다. 공장을 통해 인형을 제작해보고 싶다는 뜻이다. 띠로리소프트의 인형은 모두 수제인지라 현실적으로 지금보다 가격선을 낮추기가 쉽지 않아 많은 분들이 쉽게 구매하긴 어려운 실정이다. 그러니 마치 뽑기 완구처럼 좀 더 접근성을 낮춘라인을 따로 만들고 싶다.

뭐, 하지만 누군가 옆에서 프롤레타리아 혁명을 한다면… 호기심에 한번쯤 나도 끼어들어보곤 싶다. 당연히 농담이다(과연?).

이렇게 쓰면서도, 이 글이 우쭐대는 무용담처럼 들릴까 노심초사하다. 딱 하나 하고 싶은 말은, 하고 싶은 게 있다면 무엇이든 해보라는 것이다. 재능이 있는지 없는지 가타부타 따지기 전에 일단 하고 싶었던 일이니 시작하면 재미있지 않겠는가? 그저 재미있게 해보다가 그 재미가 점점 더 커진다면 가장 재미있는 일이 가장 잘할 수 있는 일이 될 수도 있다. 그러면 계속 그걸 하면 된다.

당연히 처음에는 어설프고 영 서투르겠지만, 그때도 그때만의 청순한 매력이 있다. '점점 발전할 테니 걱정 마요!'라는 뻔한 소리는 하고 싶지 않다. 왜냐하면 그대에게 시간이 흐르면 당연히 따라올 일이니까. 후후….

대학교 1학년 전공 수업 날. 관심 있는 주제에 대해 발표하는 시간이었다.

"저는 영국 밴드 오아시스를 좋아하고요, 블러도 좋아하고, 너바나도 좋아하고, 퀸도 좋아하고…." 신이 나서 떠들던 내게 동기 남자애가 비아냥거리며 한마디 툭 던졌다.

"쟤는 뭐 맨날 다 좋아한대?"

나는 깜짝 놀라서 그 자리에서 할 말을 다 잊었다. 그런데 그 자식, 딱히 틀린 말은 아니었지 싶다. 내가 기억하는 가장 어린 시절부터 나는 항상 누굴 좋아하고 있었다. 가수든 배우든 만화책 속 인물이든 진심으로 결혼까지 생각했다.

너무 많은 사람들을 좋아했기에 여기에 다 적을 수는 없지만, 내 인생을 강타한 주요한 몇 명은 꼽을 수 있다. 열네 살 무렵, 서태지가《모아이》라는 이름의 앨범을 발매했다. 서태지는 초등학교 시절 교과서에서도 본 인물이었다. 그는 빨간색 레게 머리를 하고 펑퍼짐한 바지를 입은 〈울트라맨이야〉 때의 모습으로, 옆으로는 '문화 대통령'이란 듣도 보도 못한 칭호를 달고서 교과서 한구석을 당당히 차지하고 있었다. 이후 중학교에 입학한 나는 미술실로 올라가는 계단에서 까마득한 선배가 그려놓은 그의 캐리커처를 본 적 있다. 그때까지 그에 대한 감상은 그게 다였다. 과거의 역사적인 인물이라고나 할까.

중학교 1학년 여름 방학, 가족들이 모두 잠든 시각에 나는 여느 때처럼 TV 채널을 돌리며 불 꺼진 거실에 앉아 있었다. 시시껄렁하고 재미없는 방송들을 스치다 리모컨이 멈춘 곳은 〈서태지 컴백 스페셜─북공고 1학년 1반 25번 서태지〉라는 프로그램이었다. 그 방송은 간만에 대중 앞에 선 그의 컴백을 기념하기 위해 만든 다큐멘터리였다.

방송이 끝나갈 즈음, "《모아이》의 뮤직비디오가 지금 최초로 공개됩니다!"라는 글자가 화면 위에 떴다. 곧 시작된 뮤직비디오에서는 커다란 모아이 석상들, 타임랩스로 촬영한 광활한 이스터섬의 하늘, 푸른 초원, 절벽 위에 바람을 맞으며 자유롭게 노래를 부르며 서 있는 서태지의 모습이 등장했다. 지금이야 특수한 영상 촬영 기법이나 해외 로케이션 촬영이 흔하지만, 열네 살의 내게는 아주 낯설고 신기하기만 한 광경이었다.

다음 날 하굣길에 동네에 있는 유일한 비디오 대여점이자 음반 판매점인 '영비디오'에 들러 엄마한테 받은 용돈으로 서태지 앨범을 샀다. 집으로 우당탕 뛰어들어가 엄마 화장대 위에 있던 오디오에 시디를 밀어 넣었다. 뮤직비디오에서 들었던 카랑카랑한 전주가 내 귀에 흘러들어왔다. 화장대 의자에 쪼그려 앉아 눈을 감고 나머지 곡들도 음미하고 있으려니 방에 들어온 엄마가

나를 보곤 "꼴값 떤다"며 피식 웃고 나갔다.

당연하게도 나는 서태지의 열성 팬이 되었다. 또래 중에는 그를 좋아하는 아이들이 전무한 편이라 서태지 팬 커뮤니티 '서태지닷컴'만이 그의 소식을 주고받을 수 있는 유일한 창구였다. 한 회원분은 어린 팬이 기특하다며(!) 당시 구하기 힘든 앨범을 택배로 보내주시기도 했다. 밤이면 팬레터도 썼다. 팬레터 끝엔 엄마랑 찍은 스티커사진을 붙이고, "← *저예요. 제법 귀엽죠?*"라고 옆에 조그맣게 적었다.

서태지 사랑이 끝난 때는 중학교 3학년, 그의 이혼 보도가 터지고서였다. 학교 복도를 걷고 있는데 친구가 달려와서 "서태지 이혼했대!"라고 외치지 않겠는가. 결혼도 안 했는데, 무슨 이혼? 거짓말하지 말라고 짜증은 냈지만, 인터넷에 떴으니 확인해보라는 말에 얼른 핸드폰의 인터넷 접속 버튼을 눌렀다. 그때까지 요금 폭탄이 두려워 한 번도 켜본 적 없는 것이었다. 화면에 뜬 모든 뉴스 기사에 서태지 이름이 들어가 있었다. 배우 이지아와 이혼했다는 기사였다.

이럴 수가! 나는 이지아도 정말 좋아했다. 〈태왕사신기〉도, 〈베토벤 바이러스〉도 잠도 안 자고 다 봤는데…. 실로 충격이 아닐 수 없었다.

학교에서 '서태지 좋아하는 유별난 애'로 소문이 나 있었던 터라, 누구든 내게 서태지 이혼 소식을 화젯거리로 건넸다. 대놓고 깔깔거리며 놀리는 애도 있었다. 종일 서태지 이야기로 머리가 터질 것 같았다. 결국 그날 미술 시간에 "그만 좀 말해!"라고 소리를 질러버렸다. 그러곤 책상에 얼굴을 묻고 아기처럼 엉엉 울었다. "쟤 왜 저래?" 빈정대는 목소리에 얼굴을 더 깊숙이 파묻었다. 그렇게 내 중학교 시절의 사랑이 저물어갔다.

고등학교에 진학하면서부터 기숙사 생활을 했다. 핸드폰을 할 수 있는 시간은 하루에 고작 30분. 최신 곡을 들을 수 있는 기회는 오직 아침 6시 기숙사 기상 방송뿐이었다. 그때의 기억 때문인지, 지금도 티아라의 〈러비더비〉나 다이나믹듀오의 〈거기서 거기〉를 들으면 새벽녘 기숙사의 한기가 느껴지곤 한다.

격주 주말마다 석방되어 집에 갈 수 있었는데, 보통은 집에 도착하자마자 밀린 드라마부터 보았다. 그날은 다른 날과 달리 드라마 대신 음악방송을 보고 있었다. 마침 EXO의 〈으르렁〉 무대가 시작되던 차였다. 요즘은 이런 아이돌이 인기구나…. 아이스크림을 먹으며 멍하게 쳐다보는데, EXO의 멤버 디오가 앞으로 나와서 춤을 추었다. 뭐지, 저렇게 조그만 사람도 아이돌 해도 되나? 나는 TV 앞으로 바싹 다가갔다.

급기야 일은 터지고 말았다. 그 조그만 남자애가 화면 너머의 나를 향해 윙크하며 총알을 쏘는 순간, 정말로 충격을 느꼈다. 주책맞게 심장이 두근거렸다. 아이고, 이러면 안 되는데! 공부에 방해될까 봐 결단코 사랑에 빠지지 않으리라 다짐했지만…. 뭔가를 사랑해본 자들은 다들 알 것이다. 그렇게 생각한 순간 이미 미친 듯이 사랑하고 있다는 사실을.

그날부터 매일 디오의 무대 영상을 PMP에 내려받아 자기 직전까지 보았다. 잠이 들면 꿈에 늘 디오가 나왔다. 불면증이 심해서 좀처럼 잠들기 어려웠었는데, 디오 영상을 본 뒤로는 수월해졌다. EXO를 좋아하는 친구들과 기숙사 로비 거울 앞에서 〈으르렁〉의 안무를 맞추기도 했다. 공부하기 싫은 날이면 '대학 가면 맨날 방송국에 찾아가서 디오를 만날 거야… 당신은 내 구원과도 같았다고 고백해야지…' 같은 공상을 하며 수험 생활을 견뎌냈다.

대학에 입학한 뒤로는 디오를 만나겠다는 소망은 까마득히 잊었다. 대신 오아시스에 빠졌기 때문이다. 오아시스 다음으로는 힙합에 빠져 나스와 스눕독을 들었다. 그다음에는 콜린 퍼스에 빠져서 그의 모든 필모그래피를 방학 내내 다 보았다. 그 후로도 수많은 사랑들이 나를 지나갔다. 누군가 '그럼 지금은?' 하고 물어본다면 꼭 짚어서 좋아한다고 말할 대상은 없다. 그때그때 내게 감동을 주는 것들은 분명히 있지만, 중고등학교 시절 그랬듯 열성적으로 뭔가를 좋아하기 어려워졌다. 보고 듣고 이끌리는 게 훨씬 많아져서일까?

그렇다고 내 마음이 삭막한 황야가 되었냐면, 그렇지도 않다. 어린 시절부터 지금까지 좋아했던 모든 것들은 내 무의식의 서랍 안에 있다. 바람에 흩날리는 초록빛 풀밭을 보면, 무릎을 세우고 화장대 앞에 앉아 서태지의 노래를 듣던 중학교 1학년의 어느 날이 떠오른다. 길을 걷다 우연히 EXO의 〈으르렁〉을 들으면, 지금은 연락이 끊긴 고등학교 친구들과 서로 정말 못 춘다고 놀리며 기숙사 로비에서 춤추던 점심 나절이 떠오른다. 무엇 하나 슬프고 미운 점 없이 아름답게 떠올릴 수 있는 기억들이다.

디오의 영상을 보며 깊은 잠에 들었던 것처럼, 나는 그때그때 좋아하는 사람들을 생각하며 잠을 청하곤 한다. 언젠가는 애덤 드라이버가 거대한 몸으로 별안간 나를 짓누르는 상상도 했다. 이상하게도 그러면 잠이 잘 왔다. 꼭 할머니 댁에 있던 두껍고 묵직한 이불을 덮고 있는 듯했다. 지그시 나를 감싸주는 포근한 기분. 잠들기 전 상상했던 좋아하는 사람들은 한 장 한 장 이어 붙인 퀼트 이불이 되어 있다. 나는 그걸 덮고 잠을 잔다. 남을 위한 내 사랑으로 한 땀 한 땀 바느질한, 결국 나를 위한 사랑. 누굴 좋아한다는 건 그런 거다.

처음으로 공업용 재봉틀을 들였을 때, 우리 집은 조그만 방 한 칸이었다. 가구라곤 침대 하나밖에 없던 집에 무시무시한 위용을 뽐내며 한자리를 차지한 공업용 재봉틀을 보며, 괜한 짓을 벌였나 싶었다. 물건을 살 때는 처음부터 최고로 좋은 것을 사야 후회가 없다는 선배의 조언에 눈을 질끈 감고 구매한 것이었다 (그렇다고 해도, 주인이 몇 번 바뀌었는지도 모를 만큼 낡은 중고였다). 띠로 리소프트를 시작한 지 얼마 되지 않았을 때였고, 소소하게 몇 점씩 만든 인형들을 근근이 판매하고 있었을 무렵이었다.

'이 재봉틀을 계속 쓸 일이 있어야 할 텐데…' 고민하던 모습이 무색하게 인형을 만들 일은 점점 많아졌다. 잘된 일이었다. 상자 하나에 겨우 몇 장 있던 원단들도 네 상자가 넘도록 많아졌고, 일손이 모자라 동네 친구들이 십시일반으로 인형 만드는 작업을 도와주면서 그 조그만 방이 인형 살림살이로 복닥복닥해졌다. 자려고 침대에 누우면 콧잔등에 인형 털이 사뿐히 내려앉아 코를 간질이는 일은 일상이었다. "에취!" 재채기를 하며 내 마음속에는 하나의 소망이 스멀스멀 생겨났다. 아, 작업실로 삼을 방이 있는 투룸으로 이사 가고 싶다….

그리하여 지금의 집으로 이사를 오게 되었다. 비록 30년도 넘은 구옥이지만, 번듯하게 방 두 칸이 있는 집이다. 친구들과 달라붙어 가까스로 원룸 계단에 올렸던 육중한 재봉틀은, 도로 그 계단을 내려와 새집으로 가는 용달 트럭에 탔다.

작업 방에 덩그러니 놓인 재봉틀을 보자니 더 이상 바랄 게 없었다. 침실과 작업실이 분리되는 날이 오다니, 이만하면 출세했군! 앞으로 이 방으로 출근하고, 침대가 있는 작은 방으로 퇴근하며 저녁이 있는 삶을 영위해가리라. 그 어떤 털도 곤히 잠든 나를 괴롭히지 않으리!

하지만 새로 이사한 집에서도 감당할 수 없을 만큼 짐이 많아졌다. 어항의 크기에 따라 몸집이 커지는 금붕어 이야기처럼, 작업실이 커진 만큼 비례하여 물건들이 쌓여갔다. 인형만 만들던 과거와 달리, 이런저런 의류나 소품들도 제작하다 보니 집은 점차 창고로 변했다.

게다가 띠로리소프트의 이름이 더욱더 알려져 일이 점점 늘면서 하루 종일 일 생각에 골몰하는 때가 많아졌다. 작업 방을 따로 둬 방문만 닫으면 산뜻하게 퇴근일 줄 알았는데. 영 쉽지 않은 일이었다. 잠들기 직전까지 집에 틀어박혀 일만 하다 보니 진정한 의미의 퇴근이란 잠에 들어 뇌의 스위치가 꺼지는 시간뿐이었다.

집 밖에 작업실을 따로 얻을 결심을 하게 된 결정적인 계기가 생겼다. 프리랜서라면 어느 정도 공감할 테지만, 수입이 늘 일정하지 않기에 다달이 월세를 내야 하는 작업실을 얻기는 주저되는 일이다. 그때 하필 친구가 길고양이를 구조했다는 이야기를 듣고 그의 집에 찾아갔다가, 운명의 고양이를 만나 덥석 데려오고야만 것이다. 아무리 고양이를 사랑해도 백 억 부자가 되기 전까지 키우는 건 참자고 생각했는데, 아장아장 걸어 다니는 꼬질한 아기 고양이를 본 순간, 입을 틀어막고 내가 키우겠다고 말할 수밖에 없었다(이 고양이에 대한 이야기는 〈우리 집 고양이는 바둑 고양이〉에 더 자세히 나온다).

구석에 숨어 허겁지겁 밥을 먹던 아기 고양이는 하루가 다르게 커서 그야말로 '캣초딩'이 되었다. 데려온 지 얼마 안 되었을 때 자기를 올려달라고 야옹거리며 울던 책상을 몇 주 만에 가뿐하게 뛰어올랐고, 내가 노트북으로 뭔가 쓰고 있으면 우다다 달려와서 키보드 자판을 발판 삼아 내 어깨에 휙 올라탔다. 그중에서 내 머리를 가장 쥐어뜯게 만든 건 자꾸 실을 먹으려고 하는 것이었다. 딱 봐도 맛있어 보이지도 않는데, 왜 고양이들은 비닐이며 실, 천 같은 것들을 먹고 싶어 난리인 걸까? 조심하고 또 조심해도 문득 고개를 돌리면 무아지경으로 실을 삼키려고 하는 고양이를 보며 소리를 지른 적이 몇 번인지 모른다. 참다못해 작업실을 얻기로 결단을 내렸다.

다행스럽게도 집 근처에 나온 작업실 매물이 하나 있어 바로 계약했다. 오래 방치되어 허름해 보이는 공간이었지만, 낡은 벽지를 뜯어내 페인트칠도 하고 바닥에 타일도 깔고 해서 나름대로 그럴듯한 작업실로 꾸몄다. 늘 갖고 싶었던 출퇴근 기록기도 장만했다. 내가 사장이니 누가 내 근태를 관리하겠냐마는, 단지 출퇴근 카드를 기계에 넣고 "삐빅!" 하고 찍혀 나오는 걸 보고 싶었다. 시간별로 짜둔 생활 계획표도 예쁘게 프린팅해 벽면에 붙여두었다. '나중에 내 자서전이 나온다면, 이 순간이 한 페이지가 되겠지?' 얼추 단장된 작업실을 둘러보며 부끄럽게 웃었다.

고양이의 항문에서 혹여나 실이 삐져나올까 하는 걱정은 사라졌다. 작업실 집기가 전부 나가 휑하게 넓어진 작업 방은 고양이 살림살이로 가득한 고양이 방으로 쓰고 있다. 여전히 내 방은 조그만 침대 방이다. 하지만 작업실이라는 내 소유의 또 다른 공간이 생겼다. 마음껏 물건을 갖다 둬도 괜찮고, 책상에 부자재들을 늘어놔도 걱정할 필요 없다는 사실만으로 감격스러웠다. 방 한 칸짜리 집에서 인형을 만들기 시작했을 때, 작업실을 갖게 된다는 건 아주 요원한 소망이었다. 마치 '언젠가 오로라를 보고 싶다'와 같은. 그런데 그 꿈이 실제로 이뤄졌다.

    하루치의 일을 어지간히 하고 귀가할 무렵이면, 대학수학능력시험 시험장에 고등학교 때 배운 모든 지식을 두고 나왔던 것처럼 머릿속에 따라붙었던 업무 고민을 작업실에 어느 정도 두고 나올 수가 있다. 물론 완전히 떨쳐내지는 못한다. 보통 직장인들은 퇴근하면서 회사에 고민을 던져두고 나온다지만 나는 전업 작가이면서 한 회사의 대표이기 때문이다.
    이런저런 새로운 아이디어나 회사 운영에 관한 구상이 불쑥 들면 미루지 않고 일단 적어둔다. 여기서 포인트는 아주 간략하게 메모만 해둔다는 점이다. 자세한 내용은 덮어두었다가 다음 날 작업실에 출근하면서부터 다시 생각한다. 그렇게 하지 않으면 집에서 푹 쉬면서 충전할 수 없고, 피곤한 상태로 출근하면 제대로 일하지 못해 악순환이 반복된다.

프리랜서가 온전히 쉴 수 있는 비결이란 달리 없다. 그저 업무 시간에 집중해 퇴근 후의 여가 시간이 업무 시간에 잡아먹히지 않도록 하는 것. 사실 올해 목표가 '뽀로로 되기'일 정도로 나는 노는 것을 좋아한다. 노는 것은 시간 낭비가 아니다. 친구들과의 대화, 눈물까지 흘리며 웃었던 기가 막힌 농담, 혼자 혹은 여럿이 산책하면서 본 동물들의 귀여운 모습, 웃기게 생긴 건물, 이상한 간판, 아니면 그저 경이롭고 아름다운 자연…. 노는 동안 보고 들은 그 모든 것 하나하나가 새로운 작업을 풀어나갈 수 있

작업실 책상에 고민을 두고 오는 법

는 실마리가 된다. 재미있게 놀고 쉬는 여가 시간이 작업 시간만큼이나 중요한 이유다. 결국 다 작업을 잘하기 위해서다. 가끔 그렇게 작업을 잘하기 위한 여가 시간이 작업 시간을 다 잡아먹기도 하지만… 농담이고.

가끔 "어떻게 하면 작업을 잘 할 수 있어요?"라고 묻는 사람들이 있다. 이런 질문에, "자기만의 방을 갖고, 순간순간의 삶을 누리세요!"라는, 버지니아 울프와 〈죽은 시인의 사회〉에 나오는 키팅 선생님의 말을 섞은 듯한 대답 외에는 할 수가 없다. 무척이나 계몽적이어서 살짝 부끄럽지만, 그 말들에 감동받았던 중학생 때의 나를, 순수하다며 비웃던 대학생 때의 나를 이제는 멋쩍게 웃으며 바라볼 수밖에 없는 심정이다.

하지만 어쩌겠는가. 그게 사실인걸. 오, 캡틴. 마이 캡틴! 말할수밖에.

좀처럼 익숙해지지 않는 것이 있다. 나는 그런 게 남들보다 유난히 많다.

첫 번째, 쓰레기봉투 규격. 20리터나 50리터가 어느 정도의 크기인지 감이 오지 않는다. 틀림없이 한 달에 한 번은 쓰레기봉투를 한 묶음씩 사는데도, 편의점 계산대 앞에만 서면 "저어, 종량제 쓰레기봉투…" 하며 우물쭈물 말을 고르다가, 손가락으로 네모를 그리며 "이 정도 크기면 몇 리터짜리예요?" 하는 질문을 반복한다.

비슷한 질문으로는 "사람들이 보통 몇 리터 사요?" "적당히 큰 게 어느 정도죠?"가 있다. 애매한 질문 탓인지 집에 와서 사온 봉투를 펼쳐보면 나도 들어갈 만큼 어마어마하게 크거나 겨우 손바닥만 한 크기일 때가 종종 있다.

내가 자주 실패하는 이유는 단위에 대한 감각이 떨어져서다. 심지어는 매일 마시는 '삼다수' 생수도 몇 리터인지 모른다. 지금에서야 찾아보니 2리터다. 요리책을 보면서 요리할 때도 물 100밀리리터를 넣으라고 하면 당최 어느 정도인지 몰라 솜사탕 씻은 너구리처럼 아연해진다. 유일하게 기억하는 것은 어릴 때부터 좋아하던 '삼각 포리 커피우유'가 200밀리리터라는 사실이다. 그렇지만 역시 크게 의미가 없는 게, 그건 삼각형 아닌가. 다시 머그잔에 100밀리리터만큼 물을 따르려고 하면 머리가 새하얘진다. 원기둥 모양일 때는 어느 정도가 100밀리리터란 말인가? 누군가는 계량컵을 사면 될 일이지 않느냐며 가슴을 치겠지만, 원래 요리 못 하는 사람들은 어쭙잖은 자존심이 있어서 계량컵은 절대 사지 않는다. 애초에 그만큼 요리를 안 하니 필요도 없고.

두 번째, 신발 끈 묶기. 나는 정석적인 방식으로 리본을 묶지 못한다. 유일하게 묶을 수 있는 리본은 끈을 한 번 묶고 토끼 귀를 만들듯이 양쪽 끈을 동그랗게 만 뒤에 다시 한 번 묶는 것이다. 그렇게 묶으면 많이 허술해서 몇 걸음만 걸어도 금방 풀려버

린다. 그러면 차라리 포기하고 신발 속으로 끈을 밀어 넣곤 한
다. 신발 끈의 감촉을 발바닥으로 고스란히 느끼며 걸어 다니기
도 예사다.

친구들에게 정석 리본 묶는 법을 몇 번이고 배웠지만 '왼쪽에
동그라미를 만들어서 안으로 빼냈는데…' 속으로 중얼거릴 뿐,
멍하게 끈만 손에 쥐곤 묶지를 못한다. 리본을 묶을 줄 안다는
건 생각보다 현대인의 기본 소양이다. 언제는 친구가 운영하는
에어비앤비 청소 아르바이트를 하러 갔다가, 이불커버 리본을
묶으라는 말에 주저하며 "저… 리본 못 묶는데요…"라고 말하
니 돌아온 충격적인 표정을 잊을 수 없다.

이 정도면 몇 라터짜리예요?

아마도 이 경우는 방향 감각의 문제 같다. 초등학교 조회 시간에 선생님이 조회대에 서서 "좌향좌!"라고 외치면, 선생님 입장에서 왼쪽인지, 내 입장에서 왼쪽인지 몰라서 제자리에서 주춤대다가 엉뚱하게 나만 오른쪽으로 돌았다. 리본을 만들 때도 왼쪽에 만들라는 동그라미가 내가 바라보는 관점인지, 나를 가르쳐주는 친구 입장인지가 항상 헷갈려서 도통 제대로 묶을 수가 없다.

음악 시간에 장구를 칠 때도 그렇다. '덕'이 오른쪽이고 '쿵'이 왼쪽인데, 오른쪽이 어딘지, 왼쪽이 어딘지 헷갈리는 상황에서 '덕'과 '쿵'까지 방향과 일치시키려니 허둥지둥하기 바빴다. 결국 양쪽 손등에 '덕'과 '쿵'을 써 두고 선생님이 구호를 외치는 족족 힐끔힐끔 손을 보며 열심히 장구를 쳤다.

오른쪽 왼쪽 구분이 어려우니 당연히 길 찾기도 잘하지 못한다. 일전에는 새롭게 이사 간 집까지 가는 길을 몰라서 2주 동안 지도를 보면서 찾아간 적도 있다. 낯선 여행지에서 몇 번 안 가본 길을 익숙한 듯 쏘다니는 친구들을 보면 신기하기만 하다. 흔히 길치들이 그러하듯이 내가 길을 인식하는 방식은 '분위기'다. '이 길은 벽돌 건물이 대부분이고 입간판이 많은 편이었지'라거나 '날씨 좋을 때 햇살이 엄청나게 눈부셨지…' 같은 단편적인 이미지로만 길을 기억한다. 그러니 아무리 수백 번을 거닐었던 길이라 하더라도 특정 가게에 찾아가거나 할 때는 지도의 도움 없이는 미아가 되고 만다.

이렇게 서투른 게 많은데도, 어떻게든 살고 있다. 그러니 극복하려는 노력을 굳이 하지 않은 것 아닐까. 친구들은 인형 만드는 게 리본 묶기보다 열 배는 어려운데, 도대체 그건 어떻게 하는 거냐며 황당해한다. 듣고 보니 그렇다.

단위나 방향에 대한 감각이 둔한데도 밀리미터 단위로 인형의 패턴을 몇 번씩이나 수정해서 그리고 있다. 처음에는 재봉하는 일이 쉽지 않았지만 교습 영상을 따라 해가며 혼자 익혔다. 몇 년의 시간이 켜켜이 쌓이니 이제 인형 만드는 건 꽤 익숙하고 잘하는 일이 되었다.

앞서 말한 것들도 피나는 노력만 뒷받침된다면 이제라도 충분히 해낼 수 있는 것들일 테다. 하지만 그러고 싶지 않다. 쓰레기봉투의 규격을 가늠하거나 신발 끈을 묶거나 길을 찾는 걸 잘해내고 싶은 욕심이 하나도 없다. '어딘가 못하는 부분이 있어야 인간미도 있고 좋죠' 같은 말을 하려는 게 아니다.

괴짜처럼 보일까 봐 굳이 말하지 않지만, 나는 내 그런 서투른 부분들과 그로 인한 실수들이 재미있다. 그래서 그냥 둔다.

가끔 친구가 단어를 잘못 알고 있어서 말실수를 반복해도(예: 바느질 방법의 하나인 '공그르기'를 '공구르기'라고 할 때) 괜스레 고쳐주고 싶지 않은 것처럼. 그렇게 삐딱선을 타는 순간이 좀 더 오랫동안 지속되었으면 하는 맘에 속으로 쿡쿡 웃으며 바라만 보고 있다.

친구들한테 "오늘 또 너무 큰 쓰레기봉투를 사버렸어"라고 말한 뒤 면박을 들을 때도 나는 웃으며 한 귀로 흘린다. 실수했다고 해서 온종일 창피해하거나 자책하지 않는다.

살다 보면, 내가 아닌 무언가를 가장해야 하는 상황들이 있다. 업무 미팅을 한다든지, 격식 있는 자리에 간다든지. 대체로 그때마다 어디 하나 흠잡을 데 없는 모습이 요구된다. 리본 묶는 것보다 훨씬 고차원적인 과제들을 막힘없이 풀어낼 것 같은, 철두철미하고 전문적인 모습. 이제는 나도 그런 척쯤이야 흉내 낼 수 있다. 하지만 하루, 일주일, 1년이나 그런 태도를 유지하다 보면, 딱 붙는 스키니 진을 입고 24시간 돌아다닌 듯 갑갑해서 모든 걸 벗어던져 버리고 싶을 때가 있다.

그러니, 사소한 걸 못 하는 채로 그대로 두는 건 내 소소하고 은밀한 취미다. 어김없이 쓰레기봉투를 잘못 샀을 때, 길을 또 못 찾겠을 때, 고개를 절레절레 저으며 '그래, 나 원래 이런 사람이지, 참!' 하고 깨닫는다. 적어도 실수하는 순간만큼은 나란 사람의 평형 감각을 일깨워준다. 하여간 그래서 안 고치는 거라니까?

"언니, 만약에 램프 열 개 만들기랑 쥐방울 세 개 만들기 중에 선택할 수 있다면 뭘 할래?"

작업실에서 인형을 만들고 있으면 어시스턴트 친구 B가 노상 묻는 질문이다.

B는 띠로리소프트 웹사이트에서 자주 판매되는 '쥐방울 키링'이나 각종 램프 인형 등의 상품 만드는 일을 주로 도와주고 있다. 소위 베스트셀러 인형들은 한 번에 많은 양을 만들어야 할 때가 많아서 나 혼자서는 감당할 수 없기에 일손을 덜어줄 친구를 고용하게 되었다.

둘이 도란도란 이야기하며 인형을 만들다 보면, 가히 아주머니들의 인형 눈깔 붙이기 부업 현장을 방불케 할 만큼 하루 종일 수다를 떨고 있다. "어제 뭐 했어? 주말에는?" 자질구레한 이야기까지 늘어놓고도 뭐라도 더 말을 붙이고 싶어서 입이 근질근질하니 서로 밸런스 게임 질문들을 던지곤 한다.

"나는 차라리 램프를 만들겠어. 조그만 거 만드는 게 너무 어려워." 그게 뭐라고, 한참 고민하다 대답한다. 그럼 백 개는? 천 개는? 그러면 또 이야기가 달라지지… 또다시 고민이 시작된다.

우리 작업실은 대로변 상가 1층에 위치해 있다. 더욱이 전면이 통유리로 된 공간이어서 지나가는 사람들 백이면 백, 뭐 하는 곳인지 궁금해한다.

이사 오자마자 며칠간은 주문한 커튼이 오지 않아 작업실이 훤히 보이는 채로 인형을 만들었다. 안에 엄연히 사람이 있는데도 지나가는 사람들이 눈을 동그랗게 뜨고 작업실 유리에 다붙어 들여다보는 일이 비일비재하자, 주문한 커튼이 도착하는 대로 잽싸게 쳐버렸다. 지금도 가끔 문을 열고 먼지를 털고 있으면, 할머니들이 다가와 묻는다.

"대체 여기 뭐 하는 데예요? 커튼으로 다 쳐놔서 알 수도 없고. 밤에만 가끔 불 켜놓고 있고…"

"하하… 여기 작업실이에요. 인형 작업실…."

밤에 작업하던 걸 유심히 지켜봤을 만큼 우리 작업실이 궁금했던 모양이다.

　호기심 많은 할머니들 외에도 문을 벌컥 열고 "바지 줄일 수 있죠?"라고 묻는 할아버지도 있다. 공교롭게 작업실 바로 옆이 수선집이라 벌어지는 일이다. 나도 미싱을 돌릴 줄 알긴 하니 줄일 수는 있는데… 그것이… 머리를 이리저리 굴리다가 헉! 하고 정신 차린다.

　"수선집은 옆집이에요."

　당시에는 문을 열쇠로 여닫고 다녀서 작업실에 머무는 동안에는 굳이 잠그지 않았기에 그러려니 싶었는데, 도어락으로 교체한 지금도 "삑, 삑삑" 소리를 내며 문을 열려고 하는 사람이 간혹 있다. 그렇게 해서까지 문을 열고 싶은 심리를 도대체 모르겠다. 이외에도 옆 건물 교회 권사님 두 분이 잊을 만하면 한 번씩 찾아오는데, 건빵이나 캔커피, 주보를 넣은 종이백을 여러 개 들고 와 문을 열 때까지 두드린다. "저는 교회 안 다녀요." 매번 정중히 거절해도, 그러지 말고 청년부에 들어와 달라며 기어이 내 손에 종이백을 쥐여 주고 간다.

　생판 모르는 아저씨가 찾아와서 "신문 좀 봐줘요"라며 자기가 파는 신문을 강매하려고 한 적도 있다. 작업실 바로 옆으로 '어떻게 문을 여나?' 싶게 사람 하나 겨우 지나갈 만한 틈만 남겨두고 주차하는 일도 빈번하다. 그럴 때마다 당황해서 아무 말도 못 하는 나 대신, B가 팔을 걷어붙이고 쫓아내준다.

난처한 일이 자꾸만 반복되다 보니 B가 작업실 문 앞에 뭘 좀 써 붙이자고 제안해왔다. 머리를 동그랗게 맞대고 노트북에 "신문 사절, 종교 사절, 수선집 아님, 주차 금지"라고 적었다. 그러고서 팔짱을 낀 채 화면을 가만히 보는데, 이걸 써 붙이면 우리 작업실이 한층 더 수상해 보일 것 같았다. '사절'과 '금지'가 너무 많았다. 지금도 열릴 리 없는 비밀번호를 눌러가며 기를 쓰고 들어오려는 사람들이 있는데, 그들의 도전 의식을 더욱 자극하면 어쩌지…?

결국 주차 금지 팻말만을 문 앞에 세우기로 했다. 문은 여닫을 수 있어야 하니까.

이렇게만 보면 작업실에서 수난만 겪은 듯 보일 테지만 즐거운 일도 물론 있다. 작년 겨울, 친구 결혼식에 입고 갈 옷으로 '퍼 재킷을 살까?' 하며 인터넷 쇼핑몰을 뒤지고 있었다. B가 "이건 어때?"라며 예전에 쓰고 남았던 올빼미 털 무늬 원단을 꺼내왔다. '정말 올빼미 털인가?' 싶게 정교하게 재현된, 압도적일 정도로 화려한 페이크 퍼였다.

몸에 두르니 절대로 호락호락하지 않은 사람처럼 보였다. B는 기절할 듯 웃으며 어딘가에 있던 인형용 초미니 선글라스까지 가져 왔다. 그것까지 쓰니 압권이었다. "언니, 당장 오트 쿠튀르 가도 되겠는데?" 이런저런 포즈를 취하는 나를 보고 눈물을 훔치며 그녀가 말했다. "미팅 갈 일 있으면 꼭 그러고 가. 아무도 언니한테 찍소리 못 할 거야."

그렇게 뜬금없이 패션쇼를 하다가도 만들어야 할 인형이 있으니 다시 자리로 돌아가 일을 한다. 때론 주문이 엄청나게 밀려들어 밤늦도록 일해야 하는 날도 있다. 우리는 작업할 때 꼭 노래를 틀어두는데, 한번은 이탈리아 록 밴드 모네스킨의 〈아이 워너 비 유어 슬레이브 I wanna be your slave〉라는 노래에 꽂혀서 "네 노예가 되고 싶어, 네 주인이 되고 싶어" 같은 파격적인 가사를 아무렇지도 않게 따라 부르며 사무치게 귀여운 인형을 많이도 만들었다.

기다리던 퇴근 시간이 오면, 둘이서 꼭 하는 말은 "시마이(し まい [仕舞い·終い])"다. '끝'이라는 뜻의 이 일본어 단어를 남용하려 는 건 아니고, 엉뚱하게도 영화 〈박쥐〉의 한 장면 때문에 그런다.

〈박쥐〉에서 주인공 태주는 시어머니가 운영하는 한복점에서 일한다. 마네킹처럼 미동도 않고 한복점 쇼윈도 앞에 앉아 있던 두 사람은 시곗바늘이 저녁 6시를 가리키자 시어머니의 "시마 이"라는 말과 함께 몸을 일으킨다. 고상해 보이던 시어머니의 입에서 그 말이 나오니 웃음이 안 날 수 없다. 이 장면을 B에게 설명한 후로 우리는 늘 퇴근할 때 낭랑한 목소리로 "시마이" 외 치곤 한다.

대학에서 섬유미술을 전공한 B에게 언젠가 친척 어른이 "너, 섬유 그거 전공해서 뭐 하려고? 나중에 인형 눈깔이라도 붙이려 고 하나?"라며 걱정하는 양 은근히 깔봤다고 했다.

"그분, 말씀 참 심하게 하시네." 듣고 있던 내가 대신 화를 내 는데, "근데, 진짜 그 말대로 되었어! 정말 인형 눈깔 붙이고 있 잖아. 말하는 대로… 오… 말하는 대로…" 하며 갑자기 이 친구 가 유행가를 부르기 시작하지 않겠는가. 그 순간 웃겨서 졸도할 지경이었다. 가까스로 정신을 차리고 한마디 했다. "그러게, 선 견지명이 있으셨네."

모름지기 B의 친척 어른은 기분 나쁘게 할 의도로 말했을 테지만, B는 그걸 두고 말씀하신 대로 되었다며 유행가 한 소절을 부르고 있으니, 어찌 됐든 그분이 모르는 사이에 우리에게 한 방 먹은 거 아닐까.

　세상이 우릴 짜증 나게 하면 그걸로 노래 부르면 된다. 그럼 다 질려서 떠나버리니까 결국 우리가 이긴 셈이다. 하나 더 비밀스럽게 말하자면, 그 친척 어른이 말하는 대로 되어서 내심 기쁘다. 덕분에 재미있는 친구와 함께 깔깔거리며 매일 인형 눈깔 붙이고 있으니까.

　가끔씩 불청객들이 침입해 심신을 피로하게 만들어도 어찌어찌 웃어넘기고 종국에는 유머만 남는 내 작업실이 마음에 든다. 그래서 가능하다면 힘이 닿는 데까지, 지금처럼 재미있게 띠로리소프트를 꾸려나가고 싶다. '그때 우리 그렇게 놀지 말고 일할 걸!' 나중에 후회할지도 모르지만… 아무튼, 시마이.

살면서 살아있다고 느끼는 순간이 딱 두 번 있다. 하나는 훌륭한 작업물을 만들어냈을 때, 다른 하나는 수영할 때. 매일같이 빼어난 작품을 만들 수는 없으니 전자의 경우는 아주 가끔이다. 그만큼 보석 같은 순간이지만 자주 만나기는 어렵다.

　작업에 대한 불만과 업무 스트레스가 내 안에 소복이 쌓일 때쯤, 주저 없이 수영장에 간다.

　수영가방을 달랑달랑 메고 몇십 분 걷다 보면 내가 다니는 초등학교 수영장이 나온다. 바리바리 싸 들고 다니는 건 질색이라 비누 하나로 5분 만에 온몸을 씻고 차가운 물속으로 돌진한다. 그럼 비로소 '아! 살아있구나' 행복에 겨워 웃는다.

여태 많은 운동을 시도했다가 실패했다. 필라테스, 요가, 헬스, 달리기…. 중간중간 쉬었던 적은 있지만, 수영만은 2년째 꾸준히 해오고 있다. 왜 그런가 생각해보니, 수영장 안에 들어온 이상 강습이 끝나기 전까지 나갈 수 없다는 점이 한몫했다.

수영 강사가 수업이 시작되었음을 알리는 휘슬을 불면, 준비운동을 하고 줄지어 레인을 돈다. 아무리 힘들어도 도중에 뛰쳐나갈 수가 없다. 쉴 새 없이 동그랗게 원을 그리며 떼를 지어 헤엄치는 고등어처럼, 이미 헤엄치기 시작한 이상 관둘 수가 없는 것이다. 끝낼 수 있는 건 오직 종료 휘슬이 울렸을 때. 강습 회원들과 손을 맞잡고 "다음 시간에 뵙겠습니다!" 하고 기진맥진하게 파이팅을 외친 후다.

물론 마음만 먹으면 중간에 나갈 수야 있다. 하지만 그러고 싶지 않다. 물속에 머리를 집어넣고 있으면 아무런 소리도 들리지 않고 분주히 움직이는 사람들의 발바닥만 보인다. 50명 남짓한 사람들이 움직이고 있는데도 '음 소거' 상태가 된 듯 모든 소리가 사라진다. 밤의 적막한 시골 산자락에 와 있나 싶을 만큼. 바깥세상이 어떻게 돌아가는지 알 턱이 없으니 나 자신에게 모든 감각이 집중된다. 숨이 차는 느낌, 다리가 뻐근한 느낌, 그리고… 이러다 정말 죽을 것 같다는 느낌!

몸의 고통 앞에 정신의 고통은 속절없이 날아가는 걸까. 발을 더 신속히 움직이지 않으면, 동시에 몸에 힘을 빼지 않으면 안 된다는 여러 가지 수영 행동 강령들을 머릿속으로 떠올리며 발버둥을 친다. 당장 내가 멈추면 뒤따라오는 사람과 접촉 사고가 날 수도 있으니 가만있어서는 안 된다. 수영모자 안이 열이라도 난 듯 뜨거워지고, 땀이 삐질삐질 나도 휘슬 소리가 울릴 때까지는 계속해야만 한다.

종일 인형을 만들거나, 아이디어를 구상하거나, 거래처에 전화하거나 혹은 메일을 보내는 등 정신력을 발휘하는 데에만 시간을 쓰다 보니, 몸의 감각은 둔해지기 마련이다. 어쩌다 수영장에 들어와 사력을 다해 수영하다 보면 그 생생한 고통에 깜짝 놀라면서 온갖 번민들이 희미해진다. 그러면 자연스럽게 깨닫는다. 정신을 자유롭게 해서 정신을 치유하는 게 아니라, 몸의 감각을 일깨워서 정신의 자리를 밀어내는 것이 정신 치유의 요지라는 걸.

내가 약골이라 더 힘든 탓도 있지만, 인간의 몸은 애초부터 수영하기에 최적화된 몸이 아니다. 옛날 사람들은 젓가락 같은 다리로 물속에서 유영하기 위해 각양각색의 영법을 개발해냈다. 물의 저항을 가장 많이 받는 몸으로, 최대한 저항을 줄일 수 있는 방법을 머리 싸매고 고민해왔다.

몇백 년에 걸쳐 수정되고 보완된 방법을 나는 몸을 통해 차근차근 익히는 중이다. 새로운 수학 개념을 배울 때 꼼꼼하게 공식을 문제집에 써 내려가며 풀었던 것처럼 새로운 몸의 언어를 배운다. 수영을 배우다 보면 늘 새로운 것투성이다. 이렇게도 배우는데 매일 또 배울 것이 생긴다니···. 겸허한 마음으로 임하지 않으면 안 된다. 한편으로는 질리지 않고 계속할 수 있어 감사한 마음이 든다.

갑자기 모든 걸 다 제쳐두고 말도 통하지 않는 낯선 나라로 도망가고 싶을 때가 있는데, 그럴 때도 나는 수영장에 간다. 아무도 나를 모르는 곳에서 명백한 타인들과 단지 수영하기 위해 같은 공간에 바글바글 모여 있는 상황이 재미있다. 익숙해질 만도 한데, 그걸 인식하는 순간마다 웃음을 참을 수 없다. 거의 6개월을 같은 반에서 수영한 동료들인데도 이름, 나이 하나 모른다. 언젠가 스파이가 되어도 수영만은 할 수 있지 않을까. 누구도 내게 이름이 뭔지, 뭘 하는지 묻지 않으니까. 말 거는 이유라곤 "접영, 팔 동작 어떻게 하는 거예요?"처럼 오직 수영에 관해 물을 때뿐이다. 심지어는 그 타인들과 샤워실에서 홀딱 벗은 채 "수영 잘하시던데요!"라고 웃으며 대화를 나누기도 한다.

한바탕 수영하고 밖으로 나서면, 내 안이 상쾌한 기운으로 가득 차 있다. 온갖 고민을 끌어안고 수영장에 들어갔었는데…. 그저 강습 시간 1시간이 흘렀을 뿐인데…. '우울은 수용성'이라는 말이 실감 난다. 정말 그렇다. 물에 닿은 건 살갗뿐인데도 꼭 뇌까지 씻은 느낌이다.

집집마다 비디오 재생기가 한 대씩은 있었던 시절, '쾌청 비디오'라는 물건이 있었다. 비디오테이프를 재생했을 때 지지직거리며 노이즈가 보이면, 이 쾌청 비디오테이프에 세척액을 뿌려 비디오 재생기에 넣는다. 그러면 재생기 헤드가 닦이면서 깨끗해지는 원리의 물건이었다. 내게 수영은 쾌청 비디오 역할을 한다. 연속 상영되는 매일에 노이즈처럼 지직대는 고민이나 스트레스를 그날그날 닦아주는 긴요한 활동이다.

요즘 나는 수영 전도사를 자처하며 지인들에게 수영을 권하고 있다. 가까운 이들을 가만 들여다보고 있으면, 일상의 먼지에 파묻혀 얼굴이 버석버석해 보인다고 느낄 때가 있다. 특히 그 슬픔이 내게도 전해져 와 마음이 저릿저릿할 때, 나는 그들의 마음을 멍게 채취하듯 가슴에서 쑥 빼내어서 전부 다 빨간 대야에 넣는 상상을 한다. 대야 가득 따뜻한 물을 채운 뒤 한참 동안 마음을 불리고서 솜씨 좋은 수산물 시장 아주머니처럼 바락바락 씻은 다음, 햇볕 좋은 날 바싹 말려서 소독하는 것이다. 꿉꿉함이 가신 마음에는, 혹여 남아 있을지도 모를 슬픔의 냄새조차 남지 않도록 탈취제를 뿌리고 다시 가슴에 넣어 꼼꼼하게 바느질해서 닫아주고 싶다.

그러나 마음을 수산물처럼 빡빡 씻겨줄 수는 없는 일. 대신 수영 한번 해보라는 말밖에 할 수가 없다.

세상의 모든 고민은 그 문제를 해결해야만 사라진다고 여겼다. 실제로도 맞는 말이다. 하지만 그 고민이 물로써 옅어질 수 있다면, 완전히 해결하기까지의 과정이 덜 고생스럽다는 걸 수영을 통해 발견했다. 비록 헤엄칠 때는 숨이 가빠 죽을 것 같아도 막상 씻고 나오면 무

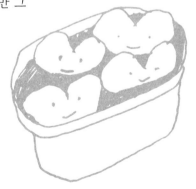

척이나 개운해져 고민거리가 별것 아닌 듯 느껴지는 걸 생각하면 몸의 고통이 마음이 빚진 고통을 조금 갚아주는 것 같기도 하다.

수영장은 내게 여러모로 정신 차리게 도와주는 곳이다. 나는 자진해서 물벼락을 맞으러 가고 있다. 다름 아닌 내가 즐거워지기 위해서다. 잘할 기미가 안 보이는 내 수영 실력에 감사하며, 이 끝이 없을 재미를 누리고 있다.

〈데드 돈 다이 The Dead Don't Die〉라는 영화가 있다. 죽은 자는 죽지 않는다. 눈치 빠른 사람이라면 제목에서 유추할 수 있겠다. 장르는 좀비물이다. 이 영화에서 좀비가 된 사람들이 하는 일이라곤 하루 종일 스마트폰을 들고 와이파이 찾아다니기. 좀비들이 인스타그램을 스와이프하며 "와…이…파…이…"라고 한다.

키득대며 웃다가도 뼈가 아픈 장면이다. 진짜 그럴 것 같았기 때문이다. 좀비가 되면, 나도 사람 뜯어 먹기보다야 훨씬 자극적인 인터넷 서핑이나 하지 않을까. 디지털 세상에 과몰입하여 현실 세계에서 유리된 사람을 '디지털 좀비'라고 한다는데, 집에서나 밖에서나 항상 스마트폰을 들여다보는 나도 디지털 좀비 아닌가 싶었다.

요즘 같은 시대에 아날로그 인간으로 살기란 쉽지 않은 일이다. 삶의 많은 부분이 디지털 기반이니, 스마트폰이 없으면 반쪽짜리 인간이 되고 만다. 실제로 실명 인증을 할 때 휴대전화가 없으면 내가 나라는 사실을 증명할 길이 없다.

언제는 이런 적도 있었다. 휴대전화를 변기에 빠뜨려 고장 낸 참에, 친구에게 추천받았던 알뜰폰 요금제로 새로 개통하려고 알뜰폰 콜센터에 전화를 걸었다.

"고객님, 본인 명의의 휴대전화로 전화 주신 걸까요?"

"아… 제 휴대전화가 고장 나서요…. 친구 걸로 거는 거예요."

"고객님, 본인 명의의 휴대전화를 통해 전화 주셔야 개통이 가능합니다."

순간 잘못 들었나 싶었다.

"제 휴대전화가 고장이 나서 새로 개통하려는데, 제 휴대전화로만 개통이 가능하다고요?"

"네, 그렇습니다." 상담원의 기계처럼 단호한 목소리가 짧게 울렸다.

소득 없이 전화를 끊고 서러워서 눈물이 왈칵 났다. 예전에 카페 알바를 지원하려는데 공고에 전부 "경력자만 지원 바람"이라고 써 있는 걸 보곤, "아니, 경력을 쌓으려면 알바를 해야 되는데, 경력자만 지원하라고 하면 경력을 어떻게 쌓으라고?"라며 울분을 터뜨렸던 일이 떠올랐다. 심지어 이젠 전화기를 사려면 또 전화기가 있어야만 한다니, 이 얼마나 모순적인가?

스마트폰은 본인 인증 수단도 되지만, 메신저 어플이나 SNS를 하지 않으면 사람들과 소통하기가 불편하기 때문에 울며 겨자 먹기의 심정으로 계속 갖고 있어야 한다. 그런데 메신저 알림이 와서 확인할라치면, 갑자기 뜬 연예인 가십 기사에 현혹되어 정신이 흐트러지고 어느새 내 손은 트위터나 유튜브 어플을 켜고 있다.

별로 궁금하지도 않은데 '옛날 얼짱들은 지금 뭘 하고 살까?' 싶어 이리저리 검색하고 있다가 화들짝 놀라 '지금 나 뭐 하고 있지? 이렇게 유혹에 약해서야…' 하고 휴대전화를 황급히 책상 위에 엎어 놓는다. 그러곤 노트북으로 할 일을 하다가도 어느샌가 보면 인스타그램에 접속해 있다. 인스타그램 보다가, 당근마켓 켰다가, 트위터 보다가, 카톡 하다가, 유튜브 보다가… 끝도 없는 회전문이다.

가끔은 명멸하는 디스플레이 화면을 보는 것만으로도 실시간으로 멍청해지고 있다는 걸 느낀다. 그래서 내가 찾은 대안은 '적어도 아날로그로 대체할 수 있는 건 대체하자'다. 아예 디지털 기기 없이 살아갈 수는 없겠지만, 디지털 세상에 중독되어 시간을 낭비한 경험이 셀 수 없이 많으니까.

나는 다이어리만 세 권을 갖고 있다. 하루의 계획을 적는 스케줄러 개념의 다이어리, 그날그날 일어난 소소한 일들을 적는 다이어리, 또 매일 먹은 식단을 기록하는 다이어리. 세 권씩이나 갖고 있다 보니 다이어리만 써도 반나절이 간다. 누군가는 '스마트폰 들여다보기만큼이나 시간 낭비 아냐?'라고 할지도 모르지만, 다이어리 쓰기란 내겐 일종의 의식과도 같다. 머리를 정결하게 만드는 의식. 책상 앞에 다소곳이 앉아 다이어리에 일과를 적어 내려가는 것만으로도 복잡한 머리가 잠잠해진다.

이쯤에서 고백하자면, 나는 천성이 계획적인 사람이 아니다. 이 사실을 누구보다 잘 알기 때문에 무조건 계획을 세운다. 다이어리 쓰기에 공을 들여 시간 단위로 자세하게 일정을 짜도 지키지 못할 때가 많다. 그럼에도 꾸준히 하고 있다. 그럼 대체 왜 그러느냐고 묻는 분도 있을 텐데, 그런 분들한테 들려주고 싶은 일화가 있다.

어린이 도서관에서 일할 때였다. 〈그리스 로마 신화〉 코너는 초등학생들에게 항상 인기여서 잠깐 고개만 돌렸다 치면 눈 깜짝할 새에 순서가 엉망이 되어 있었다. 한숨 쉬며 순서대로 정리하다가도 잠깐 한눈팔면 그새 또 난장판이 되어 있는 거다. 어느 순간부터는 그쪽을 정리하는 걸 포기했는데, 사서 선생님이 나를 불렀다.

"〈그리스 로마 신화〉 코너, 정리가 잘 안되지? 그래도 계속 정리해야 해. 그래야 덜 뒤집어져."

내게 계획 세우기란 〈그리스 로마 신화〉 코너다. 어차피 실패할 걸 알면서도 조금이라도 덜 실패하게 만드는. 그래서 계획을 지키지 못하더라도 별로 화가 나지 않는다. 다이어리에 있어서는 채찍보다는 당근의 원칙을 따르

고 있다. 하나라도 지켰으면 된다. 지키지 못한 일정은 쿨하게 넘어가고, 확실하게 끝낸 일은 옆에다 꼭 '참 잘했어요' 도장을 찍는다.

페이지마다 찍혀 있는 도장을 보면, 초등학교 시절 일기장에 선생님이 찍어주셨던 보라색 잉크의 도장이 생각난다. 그게 뭐라고 받고 싶어서 밤마다 그렇게도 열심히 일기를 썼는지…. 어른이 되면 잘했다고 도장 찍어주는 선생님도 없다. 아무도 안 해주는 칭찬, 스스로라도 해야지. 별것 아닌 거 같아도 성취감을 주기에 도장 찍기만 한 루틴이 없다.

내 주변에는 나처럼 다이어리를 사랑하는 동지들이 많다. 다이어리를 서너 권씩 쓰는 건 예사고, 까만색 인조 가죽 표지 위에 금색으로 "金錢出納簿(금전출납부)"라고 적힌 노트를 가계부로 사용하는 친구도 있다. 너무 과한가 싶어 앞에서 적지 않았지만, 실은 세 권의 다이어리 외에도 아이디어 기록용 드로잉북과 그중 마음에 드는 그림을 모아두는 스크랩북을 갖고 있다.

다이어리 애호가 친구들과 만나면 '일정 관리에는 불렛저널이 활용도 만점이다', '이 다이어리는 종이가 도톰한 편이라 뒷장에도 번지지 않아 최고다', '○○ 펜이 끊김 없이 부드럽게 잘 써진다' 같은 고급 정보를 교환한다. 얼마 전에는 친구들을 한데 모아 '다이어리 커버 만들기 워크숍'을 열기도 했다. 설령 다이어리에 적는 계획들이 몽땅 수포로 돌아갈지라도 내 다이어리 생활이 외로울 일은 없을 것이다.

책장에는 여태껏 써 왔던 다이어리가 차곡차곡 꽂혀 있다. 3년 전에 썼던 다이어리를 펼쳐보니, 인생 버킷리스트가 적혀 있었다. 띠로리소프트 웹사이트 개설하기, 접영까지 수영 마스터하기, 미국 여행 가보기… 그때는 성취하기 어려운 일들이라고만 생각해서 거창하게 '버킷리스트'라고 적은 듯한데, 지금 와서 돌아보니 다 해냈다.

매일매일 계획을 세우고 또 열심히 노력하며 살아도 삶이 별반 나아지지 않는다고 느낄 때가 있다. 다 지지부진하고, 제자리걸음 같다고. 그럴 때 과거에 썼던 기록을 보면, 눈에 보이지 않는 사이에 조금씩 나아지고 있음을 실감한다. 그러니 하나도 걱정할 필요가 없다.

아무리 디지털 기기가 데이터를 반영구적으로 보관할 수 있다 해도 내가 지금까지 소장하고 있는 것 중에서 온전하게 작동되는 기기는 없다. 학교 다니는 내내 각종 전자사전, mp3, pmp를 썼지만 거의 다 필요 없어져 버렸거나 혹은 잃어버렸고, 아니면 고장 난 상태로 서랍 한구석을 차지하고만 있다. 휴대전화는 2년마다 바꿨다. 반면 다이어리는 어떤가? 불태우거나 조각조각 찢어버리지 않는 이상, 내 쪽팔린 기억을 모두 간직한 채 책장에 꽂혀 있다. 또 종이로 되어 있기에 배터리가 닳아 꺼질 일도 없다. 적합한 부품이나 충전기를 찾아 배회할 일도.

디지털 기기는 영원할 것 같지만 그렇지도 않다. 편리한 건 그만큼 금방 다른 새로운 것으로 교체된다. 얄실한 스마트폰 하나에 기록을 전부 맡기기에는 내 추억은 너무나도 소중하다.

다이어리는 죽을 수 없다. 왜냐하면, 이미 죽은 것이기 때문이다. 다이어리는 먼슬리나 위클리 같은 내부 구성이 조금씩 바뀔 수는 있겠지만, 기본적으로 종이 다발로 묶인 일기장이라는 형태에서 대동소이하다. 아주 먼 미래에도 그럴 것이다. 다이어리는 '투구게'나 '앵무조개' 같은 살아 있는 화석과도 같다. 이미 완벽하게 태어났기에 진화할 필요 없이 태곳적 그 모습 그대로 있다.

최신은 아니지만, 변하지도 않는 것. 그게 주는 위안과 안정감이 참 좋다. 이미 죽었기에 영원히 사는 것. 바로 이 점이 다이어리의 가장 멋진 점이라고 생각한다.

좀비 세상이 도래할지라도 매년 새해가 되면 "다…이…어…리…" 하며 다이어리를 사러 문방구에 갈 거다. 어쨌든 좀비가 되어도 살아갈 계획은 세워

야 하니까. 그래야 덜

뒤집어지지.

당신이 〈야채부락리〉라는 게임을 아는지 모르겠다. 계란, 셀러리, 주먹밥, 양파 따위의 식재료 캐릭터들을 키우는 RPG 게임이다. 여자아이들 사이에서는 단연 분홍색 롤빵 머리를 한 '셀러리 쿵야'가 인기 있었는데, 나는 '두부 쿵야'가 제일 좋았다. 하얗고, 네모지고, 눈썹도 진하고, 머리도 덥수룩하니 촌스러운 생김새였다. 친구들로부터 아저씨 같다고 놀림을 많이 받아서 막상 게임할 때는 셀러리 쿵야를 고르긴 했지만. 이상하게도 나는 어딘가 수더분하고 숫기 없어 보이는 사람들에게 끌렸다. 물론 두부 쿵야는 두부지만….

더불어 네모난 것에 대한 사랑도. 이십 대 초반에 일본에 처음 갔을 때, 온 세상 만물이 자로 잰 듯 네모반듯해서 깜짝 놀랐다.

한국이라는 땅은 '모로 가도 서울
만 가면 된다' 정신이 국토 전체를
지배하고 있기에 최소한의 구색
만 갖추면 그만이어서, 도시의
면면을 살펴보면 얼렁뚱땅 마감한
부분이 한두 군데가 아니다. 그래도 내가

살고 있는 곳이니 흐린 눈을 하고 살아가고 있었는데, 일본에 가
니 손이 베일 듯 정확하게 직각인 도시의 모습에 경이로움까지
느꼈다. 그중에서도 가장 인상 깊은 것은, '자동차' 아이콘을 현
실에서 구현한 듯한 네모지고 각이 살아 있는 택시들이었다.

늘 우리나라의 자동차들이 밥솥 같다고 생각해왔다. 언제부
터인가 대부분의 차들이 동그랗고 매끈한 유선형 디자인을 공
유하고 있었다. 미래적인 디자인을 표현해보려는 뜻이려나 싶
었지만, 내 취향은 아니었고 자동차를 갖게 되면 직각에 가까운
'다마스'나 '라보' 같은 차를 갖고 싶었다. 어른들이 "이번에 무
슨 차가 새로 나왔는데, 정말 예뻐" 같은 말을 해도 심드렁했다.
밥솥이 밥하는 도구 그 이상도 그 이하도 아닌 것처럼 자동차 또
한 인간을 실어 나르는 수단 그 이상도 그 이하도 아니었다. '실
용적인 건 어느 정도 예쁨을 포기해야 하는구나' 싶었다. 그런데
일본 차들은 다 깍두기처럼 네모난 게 귀여워서 놀라웠다.

훗날 전시장에 물품을 실어주시는 다마스 용달차 기사님과 대화하다가 알게 된 사실인데, 다마스도 '스즈키 에브리'라고 하는 일본의 닛산 차를 베이스로 대우자동차에서 개발한 차란다. 이쯤 되면 내 취향이란 무서울 정도로 대쪽 같다. 그러니 〈네모의 꿈〉은 내게는 유토피아에 대한 노래다. 세상이 더 네모나면 좋겠다.

네모난 게 좋아서, 네모난 인형도 많이 만들었다. 이를테면 '불법 복제 근절 비디오', '러브 레터', '생쥐를 위한 치즈대백과' 등이다. 이외에도 작품 구상을 하다 망설여질 때는 일단 네모난 모양으로 만들기 때문에 작업실에는 세상에 발표하지 않은 네모난 인형들이 몇 개 더 있다. 사실, 오로지 사각형만 좋은 건 아니고, 형태가 분명한 것들을 좋아한다. 정확히 말하면, 도형에 가까운 것. 원이나 삼각형처럼 딱 떨어지는 생김새가 좋다. 가구에 있어서도 정석적으로 생긴 형태가 좋아서 애매하게 현대적인 디자인이 들어가면 전부 후보에서 탈락시키곤 한다. 몇 년 전 리클라이너를 구입하기로 했을 때도, 시중의 리클라이너가 빵빵하고 푹신푹신하게 생긴 게 대다수여서 시세의 2배 값을 치르고 고전적인 디자인의 암체어처럼 생긴 리클라이너를 사버렸다. 나는 사물에 있어서는 꽤 근본주의자인 셈이다.

내가 만드는 인형들이 주로 하찮고 힘없는 인상을 주기에 못 믿는 분이 있을지도 모르겠다. 하지만 인형들을 자세히 들여다보면, 기본적인 구조는 아주 확실한 모양이라는 걸 알 수 있을 것이다. 만약 컵 모양 인형이라면 컵의 옆면, 바닥, 손잡이와 컵받침에 이르기까지 본래의 컵의 구조를 정확하게 따라서 만든다. 무엇 하나 생략하면 그건 근본주의자의 태도가 아니다.

다만, 허술한 인상은 못생기고 웃긴 표정에서 나온다. 단지 그 표정을 만들기 위해 그 모든 과정을 견딘다고 해도 과언이 아니다. 최대한 바보 같고, 우스꽝스러운 얼굴을 만들기 위해 심혈을 기울인다. 고작 눈·코·입 다는 것처럼 보일지 몰라도 근소한 차이로 인상이 천지 차이가 되므로 가장 어려운 일이다.

"눈을 더 몰리게 해볼까…?" 미친 과학자처럼 중얼거리며 몇 시간씩 보들보들한 인형 얼굴을 만지고 있으면, 문득 어처구니가 없어서 주저앉아 웃을 때가 많다.

어째서 바보 같은 표정으로 만드는지 묻는다면, 누가 봐도 귀여운 건 싫기 때문이다. 문구점에 진열된 캐릭터 팬시상품이나 오목조목한 비율의 곰 인형 등을 보면 당연히 귀여우라고 만들었으니 귀엽긴 하지만, 가슴속 어딘가에서 심술이 솟구친다. 애써 모르는 척하고 싶달까. 그렇게 대놓고 귀여운 건 이미 세상에

많으니까 나까지 굳이 할 필요가 없다. 또 어떻게든 재미가 있지 않으면 금방 흥미를 잃어버리는 나 자신을 위해서라도 이 한 몸 웃겨줄 인형을 만들고 있는 것이다. 아기들에게 까꿍 놀이 할 때 짓는 우스운 얼굴 같은 표정을 인형 하나하나에 담아내고 있다. 이는 인형 만드는 모든 과정 중에 제일 어렵지만, 또 가장 카타르 시스가 느껴지는 일이다.

대놓고 귀여운 것에 대한 논의를 넘어서, 똑똑하고 세련되기만 한 사람은 존경할 수는 있어도 사랑하긴 힘들다고 생각한다. 사랑은 어느 정도 챙겨주고 싶은 마음에서 비롯한다. 비 오는 날 버려진 강아지를 보면 차마 지나치지 못하듯이, 누군가의 귀엽고 가엾은 모습을 보고 자꾸만 신경이 쓰일 때, 그 마음은 점점 사랑과 구분하기 어렵다. 처음에 가엾음이 먼저였는지 귀여움이 먼저였는지 몰라도 결국 그 둘은 같이 붙게 되어 있다. 사랑하는 사람이 감기에 걸려 몸져누우면, 딱하고 걱정되다가도 골골대는 모습이 귀엽지 않은가. 한없이 웃기고 가슴 미어지게 귀여운 인형이 만들어졌을 때, 그때마다 그 인형을 사랑하게 된다. 뭐 하나를 크게 존경하기보다는 사랑할 조그만 대상들을 무수히 만들고 싶다.

두부 쿵야도 그렇고, 웃긴 표정도 그렇지만, 언제나 좀 멋없는 게 좋다. 그래서인지 샐러드 가게에서 메뉴를 고를 때 콥샐러드가 있으면 꼭 그걸 시킨다. 콥샐러드는 '콥'이라는 이름의 요리사가 주방에서 남은 야채로 만든 샐러드라는 데서 연유한 이름이다. 한마디로 '냉장고 파먹기용' 요리인데, 보통 콥샐러드에 옥수수가 많이 들어가기 때문에 옥수수를 무척 좋아하는 사람으로서 주문할 때도 있지만, 굳이 돈 받고 팔아도 될까 싶은 메뉴를 사 먹고 있다는 생각에 우스워서 시킬 때가 많다. 사실상 '스태프밀staff meal'로 먹는 요리 아닌가. 셰프가 주방 직원들이랑 먹으려고 있는 재료로 뚝딱 만든 '야매' 샐러드를 기웃대다가 "그거, 저도 좀 먹어도 되겠습니까?" 하고 뺏어 먹는 기분이다.

우리끼리만 먹는 스태프밀! 나는 그런 작업을 하고 싶다. 딱히 식당에서 자신 있게 선보이는 메인 요리는 아니지만, 괜스레 먹고 싶은 요리가 누구나 하나쯤 있을 것이다. 그런 멋없는 요리를 메인 요리 접시에 담아서 요리가 나오길 기대하는 손님들 앞에 "나왔습니다" 하고 깍듯이 서빙하고 싶다. 손님들이 식탁에 놓인 요리를 보고 "애걔, 이게 뭐예요!" 하다가도 "허… 또 먹다 보니 맛있네…" 하고 수긍할 만한. 그렇게 내 대쪽 같은 취향을 우겨서 남들이 모르는 사이에 설득시키고 싶다. "네모난 거, 귀엽지 않아요? 저기 저 다마스 좀 보세요, 너무너무 작고 네모지고 귀엽죠? 이 인형 좀 보세요. 너무 못생기고 웃기죠? 그쵸, 귀엽죠?" 이런 식으로.

실은 이 방법이 많은 사람들에게 통하지 않을 것이란 걸 안다. 그렇기 때문에 더욱더 스태프밀이다. 나는 아주 많은 사람들이 내 인형을 좋아해주길 바라지는 않는다. 지금 내가 늘어놓고 있는 궤변을 읽고 한 번이라도 웃어준 당신 정도면 된다. 우리가 요절복통 웃고 있으면, "거, 뭐길래 그래? 나도 좀 보자" 하고 관심 없던 척하던 사람들이 슬금슬금 다가올 것이다. 그럼 절대 안 주는 척하다가 선심 쓰듯 한 입만 주자. 그럼 게임 끝이다.

내가 만든 인형, 나를 위해 만들었지

딱 하루치 귀여움

초등학생 시절 백화점 푸드코트의 모형 음식 쇼케이스 앞에 곤잘 서 있곤 했다. 반질반질하고 선명한 색상에 먹음직스러운, 그야말로 '그림의 떡'이라는 말이 잘 어울리는 모형 음식들.

당시 어렵게 손에 쥔 용돈 이만 원을 가지고 영화푯값 칠천 원, 스티커사진값 사천 원을 제외한 돈 만 원 남짓으로 밥 한 끼를 신중히 고르던 시간. 무엇을 먹어야 잘 먹었다고 소문이 날까? 망설이던 발걸음은 일식 코너 앞 오므라이스 모형에서 멈추었다.

나는 화사한 노란색을 띤 가짜 달걀지단 위에 완벽하게 유려한 곡선으로 흩뿌려진 빨간색 가짜 케첩의 조형적 아름다움에 단번에 매료되었다. 모형의 정교한 표현에 순수하게 놀라기도

했지만, '이것이 오므라이스의 이데아다!'라고 외치는 듯한 아름다운 음식의 이미지가 미적으로 큰 감동을 주었다. 실제로 음식을 맛보았을 때, 입안에서 펼쳐지는 부드럽고 포근한 달걀과 새콤한 케첩의 향연도 오므라이스에 대한 감상을 완성하는 데에 크게 한몫했다. 귀엽고 예쁜데 맛있기까지 하다니, 반칙이잖아!

세상 모든 것에 장단점이 있다고들 하지만, 이 아름답고 맛있는 오므라이스 앞에서 누가 단점 따위를 들먹일 수 있을까?

지금도 음식을 고를 때면 내 나름의 심미적 기준을 충족할 만한 모양새인지부터 따져보는 일이 다반사다. 모형 음식 쇼케이스 앞에서 '뭘 먹을까?' 행복하게 고민하던 아이가 자랐으니 당연한 수순이다. 물론 술을 거나하게 마신 다음 날 아침에는 콩나물국밥을 찾고, 야채를 먹지 않으면 안 되겠다는 위기감이 들면 가뭄에 콩 나듯 흐물흐물한 나물 반찬도 먹긴 하지만, 온전한 마음으로 설레며 메뉴를 고르다 보면 어느덧 환한 얼굴로 먹고 있는 음식이 있다. 이른바 '한 입 거리 음식'이다. 빵틀 위에 가지런히 도열한 문어빵, 감자의 동생들 같은 알감자, 몸집이 작으면 작을수록 쏙쏙 먹기 좋은 유부초밥 같은 것들. 그 조그맣고 옹골찬 모양 자체로도 이미 합격인데, 한번에 '크와앙' 하고 잡아먹는 행위가 참으로 별스럽게 느껴진다.

달걀이 단 하나의 단일한 세포인 것처럼, 손바닥 하나에 다 들어가는, 흠잡을 데 없이 완전하고 귀여운 모양으로 종결된 음식의 세계. 그걸 하나하나 '합' 하고 한입에 먹어 삼키면 그렇게 재미있을 수 없다. 엄청나게 큰 거인이 되어 무자비하고 간단하게 세상 모든 것을 집어 먹는 듯한 기분도 든다. '하하하, 이 귀여운 자식들, 다 먹어버릴 테다!' 외치는 악당이 된 것 같다.

흔히들 귀여운 것을 볼 때 사람들은 '호로록 삼켜버리고 싶다'거나 '깨물어주고 싶다'고 표현하곤 한다. 곰곰이 생각해보면 아주 흥미로운 부분이다. 으레 귀엽고 자그마한 것을 보면 지켜주고 싶다는 마음만이 강렬히 들 텐데, 그런 마음 한편으로는 파괴해버리고 싶다고 생각하니 말이다. 무척 좋은 것을 보거나 행복에 겨우면 눈을 질끈 감아버리는 것처럼, 마음이 쓰라리도록 귀여운 것을 보면 이성을 잃은 사람처럼 팔을 휘두르고 싶어지는 이유는 뭘까? 귀여우면 귀여울수록 이상하게도 사람들은 정반대의 행동으로 그 사랑을 표현하고, 해소하고 싶어 한다.

그러니 내가 한 입 거리 음식 앞에서 어떻게 이성을 유지할 수 있겠는가. 그 조그맣고 귀여운 음식들 앞에
서 할 수 있는 일이라곤 함박웃음을 지으며
먹어서 없애버리는 것뿐. 동그랗게 식빵을
굽고 있는 우리 집 고양이의 엉덩이를 장난스
럽게 깨물어버리고 말 때처럼, 어떤 것들은 아무리 노력해도 참
을 수 없다. 한 입 거리 음식에 대한 나의 사랑이 그러하다. 대부
분 이런 음식들은 영양가가 없지만, 그래서 더욱 묘한 쾌감이 있
다. 영양가도 없는 음식을 귀엽다는 이유로 구태여 사 먹는 재미
랄까. 뭐든지 효용 가치가 있는 것만 존재할 수 있다면 이 세상
은 살아가는 재미가 덜 했을 것이다.

 주변 사람들은 군것질만 하지 말고 밥다
운 밥을 먹으라며 잔소리하곤 한다. 그
럴 때마다 나는 딴청을 부리며 '오늘
은 또 어떤 귀여운 한 입 거리 음식을
먹을까?' 궁리나 할 뿐이다. 그러다가
문어빵이나 미니 붕어빵 노점을 발견
하면 또 자연스레 지갑을 꺼낸다.

"만능 칼, 만능 파스 있읍니다."

동대문에 원단을 사러 가면, 거리를 따라 늘어선 가게에 붙은 현수막에 가끔 쓰여 있는 문장이다.

칼은 이해하겠지만, 만능 파스는 뭐람? 파스의 기능은 기실 단 한 가지 아닌가. 타박상, 근육통, 신경통 따위에 쓰이는 소염 진통제. 사전에는 이렇게 쓰여 있다.

만능 칼이라면 '맥가이버 칼'처럼 여러 용도의 칼이 하나로 묶여 있다거나, '장미 칼'처럼 무엇이든 썰 수 있는 칼이겠거니 하지만, 파스는 그저 염증을 없애고자 몸에 찰싹 붙이는 게 전부인데 굳이 만능을 붙인 이유가 무엇인지 궁금해진다. 아마도 그냥 파스보다는 더 특별한 기능이 있어 보이게 포장하기 위해서 그런 것이겠지. '냉장고 바지'나 '꿀 사과'처럼. '만능'이라는 말은 본가에 갔을 때 엄마가 틀어놓은 TV 홈쇼핑에서나 듣는 말이다. 내 또래의 젊은 세대들은 대부분 TV를 즐겨 보지 않으니, 다른 사람들도 나와 비슷하지 않을까. 어쩌면 만능이란 말은 부모 세대의 접두사가 되고 있는 듯하다.

만능, 만능이라…. 입술을 달싹이며 되뇌어봐도 쉬이 와닿지 않는다. 만능은 어릴 적 삼촌이 "나와라! 가제트 만능 팔!"이라고 외치며 효자손으로 자기 등을 긁을 때 처음 들었다. 이제는 누구도 '가제트 형사'를 따라 하지 않는다. 그러기에는 너무 오

래된 애니메이션이니까(심지어 그때는 애니메이션이라는 말도 잘 쓰지 않았다. 모두가 '만화 영화'라고 했다). 삼촌은 내가 되바라지거나 잔망스러운 행동을 할 때마다 "이거 아주 웃기는 짬뽕이네"라고 했는데, 만능 파스를 봤을 때 내 감상이 딱 그거였다. 아주 웃기는 짬뽕이네.

가수 신해철이 그룹 무한궤도의 멤버로 1988년 MBC 대학가 요제에 혜성같이 등장했을 때, 무대 인터뷰 영상을 보면 요즘 사람들의 말투와는 상당히 다르다는 걸 알 수 있다. 풍성한 벌룬 소매의 반짝이는 빨간 원피스를 입은 사회자가 신해철에게 먼저 이렇게 질문한다.

"음, 우리 멤버들이 다들 미남이신데요. 여자친구는 있으세요?"

그러자 "절대루 없지요"라며 그는 멋쩍은 듯 수줍게 너털웃음을 터뜨린다. 사회자는 바로 카메라를 바라보며 말한다.

"그짓말이라고 봐야겠죠? 자, 그럼, 참가번호 16번! 서울 대표 그룹 무한궤도입니다. 참가곡은 〈그대에게〉!"

흔히들 서울 사투리라고 하는 깍쟁이 같은 말투로 대화하고 있는 해당 영상을 보면, 촌스럽기 이전에 서정성이 느껴진다. 너스레를 떨어도 설익은 듯 또박또박 말하는 모습이, 글씨를 못 써도 굳이 연필로 힘주어 쓴 손 편지 같다.

품위도 풍류도 없는 시대를 살아가고 있으니, 그런 걸 보노라면 살아본 적이 없는데도 그 시절이 그립다. '만능'이란 말도, '웃기는 짬뽕'이란 말도, 이런 말들을 기억하고 쓸 줄 아는 사람들도 점점 사라져서는 지구에 하나도 없게 될 날을 상상해보라. 세상 사람들은 옛날 사람들의 맛깔 나는 말맛을 잊은 채 이유도 모를 공허감을 안고 살아가게 될 것이다. "개이상해…" 따위의 말을 중얼거리며. 문득 그 사실을 깨닫게 된 날부터, 중년들의 단어를 도토리 줍듯이 모으기 시작했다.

아파트 단지 앞을 지나가다 "잡상인 출입 금지"라고 적힌 경고문을 본 날, 메모장에 얼른 "잡상인"이라고 적었다. 요즘 찹쌀떡 아저씨를 보기 드문 만큼이나 잡상인 또한 지하철에서 가끔 볼 뿐 흔히 보긴 어렵다. '잡상인'이란 말도 깊이 생각해보면 그리 자주 쓰이는 말이 아니다. 잡상인을 이루는 '잡-'이란 접두사는 '잡탕', '잡어'라든지, "어휴, 잡스럽게 이런 건 또 왜 샀어!"라고 하는 엄마의 말에나 쓰일까. '상인'의 경우에도 얼른 떠오르는 건, 사극에서 본 조선시대 상인의 이미지(툽툽하게 생긴 얼굴로 "닷 냥만 주쇼"라고 하는) 정도다.

불광천 건너 식당에서 점심을 해결하고 천을 가로지르는 다리를 건너가고 있었을 때였다. 20명 남짓 되는 등산복 차림의 아주머니들이 일렬로 난간에 서서 브이를 하고 있었다.

"찍사 어딨어, 찍사!" 하니 그중 한 아주머니가 깔깔깔 웃으며 앞으로 달려 나갔다. "자, 하나 두울 세엣~!" 하더니 찰칵 소리가 났다. '찍사' 아주머니는 곧이어 "자, 이번에는 따발총 빵야!"라며 총 쏘는 포즈를 취했다. 그러자 "따발총 빵야! 빵야, 빵야!" 하며 다들 능청스럽게 총을 쐈다. "아이구, 못 살어! 호호호…."

흩어지는 아주머니들의 웃음소리를 들으며, 가슴을 세게 부여잡았다. 그녀들의 귀여움에 심장을 탕! 저격이라도 당한 것처럼. '따발총'이라는 말도 들어본 지가 퍽 오래되었다. 스스로 꽤 웃긴 사람이라고 자부해왔지만, 중년들의 유머는 도저히 따라갈 수가 없다.

중년들과 우리 세대의 말하는 방법에 차이가 있다면, 중년들은 말 거는 데에 절대로 주저함이 없다는 것. 우리는 모르는 사람에게 말 거는 일이 드물다. 누군가 길에서 "저기요!" 하고 말을 걸면 열에 아홉은 사이비 종교일 때가 많다. 예전에는 길이라도 물었겠지만, 요즘에는 지도 어플로 찾으면 되니 그마저도 거의 없다시피 하다. 그런데 어른들이 유독 많이 모이는 동네에 가거나, 도시를 벗어나 지방으로 여행을 가면 '어라? 나를 아나?' 싶게 나이 지긋한 분들이 물 흐르듯 자연스레 말을 건다.

어느 날은 동묘 시장 어귀에서 까르르 웃는 나와 친구에게 물건 파는 아저씨가 "뭐 좋은 일 있나? 왜 그리 웃어?" 하기도 했고, 다른 날은 횡단보도에서 친구와 신호를 기다리는데 한 할아버지가 다가와 "착하게 생겨선 오빠는 문신이 와 이리 많노?"라고 친구에게 대뜸 물어본 적도 있다. 나쁘게 말하면 참견이지만, 윗세대 사람들은 그 참견을 참 웃기게 잘한다. 허를 찌르는 맛이 있달까. 뭘 딱히 원해서 말을 거는 것 같지도 않다.

중고용품 가게에 옷을 사러 간 날, 친구와 옷더미를 뒤적이다 헤어밴드처럼 길쭉한 모양인데 가운데에 구멍이 뚫려 있고 애매하게 끝에 털이 둘려 있는 정체 모를 물건이 눈에 띄었다.

"이거 대체 뭐지? 헤어밴드인가?" 오리무중 상태로 추론하고 있는데, 지나가던 아주머니가 들릴 듯 말듯 "…장갑"이라고 귓가에 속삭이며 지나갔다.

"장갑? 장갑이요? 그러기엔 엄지를 끼는 부분이 없는데…. 발토시 같은 건가 봐요."

"…그래도 되고."

그래도 된다니…. 아주머니는 무심히 옷을 고르며 우리 쪽은

처다보지도 않고 말했다. 그녀의 참견은 바람처럼 왔다가 이슬처럼 사라졌다. 장갑인지 발 토시인지 모를 그 물건, 결국 사진 않았다.

  말 몇 마디로 사람을 웃게 만드는 건 쉬운 일이 아니다. 특히나 처음 보는 사람에게 참견하면서는 더욱. 코미디언들은 웃기려는 목적으로 말을 연습한다지만 중년들은 그런 것도 아니다. 어쩌면 타고남의 영역인 걸까. 귀엽고도 격조 있는 그들의 재능이 부러워 견딜 수 없다. 요즘 사람들이라고 재미없는 말만 하지는 않지만, 이 세대의 재미있는 말이라는 게 가끔은 너무 함축되고, 자극적이고, 속도가 빠르다는 느낌을 받을 때가 있다. 음식으로 비유하면 얼른 먹어 치워야 하는 컵밥 같다. 누구든 '필요한 말만 하고 용건만 간단히 말하기'를 종용받는다. 쓸데없는 말 나누고 있기에는 세상은 급박하게 돌아가고 있다고. 그러니 말은 최대한 짧게, 그러면서도 많은 정보를 담아서. 상황이 이와 같다 보니 '핵인싸'나 '갓성비' 같은 말이 생겼나 보다.

  시대가 변함에 따라 말도 변하는 건 당연하다. 하지만 아쉬움을 감출 수 없다. 요즘 사람들이 캡사이신이 잔뜩 들어간 떡볶이에 열광하긴 해도 마음의 고향은 학교 앞 분식집 떡볶이 아닌가.

분식집 아주머니가 "아줌마가 많이 줄게" 하면 "네!" 하고 기다리던 떡볶이.

중년들의 단어를 접할 때마다, 그 떡볶이의 감각을 느낀다. 달짝지근하고, 걸쭉한 맛. 나는 그런 단어들을 기억하고 쓸 줄 아는 사람이 되고 싶다. 사는 동안 잊지 않고 노력한다면 언젠간 나도 아주 맹랑하고 깜찍한 아주머니가 될 수 있지 않을까. 관록이 느껴지는 유머를 아무렇지도 않게 내뱉는 초고수가 되는 날이 올 테다.

외국어를 배우는 과정에서도 가장 중요한 건 단어다. 마찬가지로 내가 원하는 경지에 이르기 위해서는 일단 중년 단어 데이터베이스를 구축해야 한다. 아주머니들이나 아저씨들이 지나갈 때마다 무슨 말을 하는지 쫑긋 귀를 세우고 듣는다. '융숭한 대접이라…' 하며 메모장에 적는다. 그런데 까마귀 고기를 먹었는지, 무슨 상황이었는지는 기억이 잘… 용례를 더 찾아봐야겠다.

내가 키우는 고양이의 이름은 '세돌이'다. 세돌이라는 이름은 2016년 바둑 인공지능 알파고와의 대결에서 유일하게 승리를 거뒀던 바둑기사 이세돌의 이름에서 따온 것이다.

세돌이가 왜 세돌이가 되었느냐? 처음에는 '바둑이'라고 지을까 했다. 하얀 몸에 검고 동그란 얼룩, 즉 바둑무늬(다른 사람들은 젖소 무늬라고 부르기도 하는)가 있기 때문이다. 게다가 바둑이는 보통 강아지를 부르는 이름이니까, 고양이에게 고전적인 강아지 이름을 붙이면 재미있지 않을까 싶었다. 친구가 구조한 고양이 사진을 보자마자 당장에 이름부터 지어버린 내게 누군가가 이세돌의 '세돌'은 어떻겠냐고 제안했다. 하긴, 바둑이라는 고양이는 은근히 많을지도 몰랐다. 하지만 세돌이라는 고양이는 내가 아는 한 한 마리도 없었다.

그렇게 해서 세돌이는 자기 이름을 갖게 되었다. 입양을 결심하고 종이 쇼핑백에 세돌이를 담아 처음 병원에 데려간 날, 쇼핑백 속에서 불안한 듯 야옹야옹 울어대는 갓난 고양이를 보며 나는 그제야 세돌이의 점박이 무늬를 더 곰곰이 뜯어보았다.

세돌이의 엉덩이에는 흑돌 같은 동그랗고 검은 점이 세 개가 있었다. 흑돌 세 개. 세 돌. 그렇게도 의미가 되는구나. 정말이지 운명이로군. 담담히 감탄했다. 어린 고양이 특유의 짧고 포슬포슬한 털 때문인지 무늬가 더욱 선명했다. 그때까지도 얘가 나를 좋아해줄지, 내가 진정으로 얘의 보호자가 될 수 있을지 아무런 확신이 없어 그 귀여운 무늬를 쓰다듬지는 못하고 물끄러미 바라만 보았다.

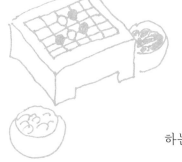

세돌이를 키우기 훨씬 전부터 고양이를 열렬히 사랑하고 있었다. 할머니가 된 내 모습을 상상하면, 고양이 서너 마리가 뛰노는 고즈넉한 거실에서 흔들의자에 앉아 느릿느릿 뜨개질하는 풍경이 그려지곤 했다. 내가 뜨고 있는 목도리를 계속 물어뜯고, 실타래를 툭툭 쳐대며 서로 데굴데굴 뒹구는 고양이 떼…. 그렇지만 고양이는 나의 노년 시절 장면의 한 귀퉁이에 있는 소품에 가까웠다. 부끄럽지만, 고양이 자체에 대해 심각하게 고려하지는 않았다. 그러던 내가 고양이에게 정말로 깊게 빠져들게 된 계기는 사노 요코의《100만 번 산 고양이》라는 그림책을 읽고 나서부터다.

책의 내용을 간추리면 이러하다. 백만 번을 살고 백만 번을 죽은 고양이가 있다. 백만 번 산 고양이가 백만 번 죽을 때마다 백만 명의 주인들은 크게 울며 고양이의 죽음을 슬퍼하는데, 백만 번 산 고양이는 아무렇지도 않다. 그는 오로지 자기 자신만을 사랑했기 때문이다.

그러던 어느 날, 백만 번 산 고양이에게 사랑하는 하얀 고양이가 생긴다. 사랑하는 고양이와 새끼 고양이들을 잔뜩 낳고 행복하게 살던 중에 사랑하는 고양이가 먼저 세상을 떠난다. 백만 번 산 고양이는 사랑하는 고양이를 껴안고 목 놓아 울지만, 사랑하는 고양이는 두 번 다시 살아나지 않는다.

이 책의 마지막 페이지를 펼쳐두고서, 깜짝 놀라 충격에 빠졌다. 이런 책을 아이들이 봐도 되는 걸까? 그때까지 그림책은 어디까지나 어린이 교구에 불과하다고 생각했다. 어찌 됐든 끝은

권선징악이나 해피 엔딩이어야만 한다고. 입을 쩍 벌리고 대성통곡하는 고양이 그림이 펼쳐진 그 책을 황망히 바라볼 수밖에 없었다. 좋은지 나쁜지 애매한 기분이었지만, 그 책을 사랑하기로 했다.

오직 자기 자신만을 사랑해서 무려 백만 명이나 되는 주인이 자기 죽음에 슬퍼해도 절대로 울지 않는 고양이. 그렇지만 자기가 사랑하는 고양이의 죽음 앞에 난생처음 슬픔을 깨닫고 엉엉 울게 된 고양이의 이야기라니! 그때껏 내가 알던 고양이들이 생각났다. 고양이라는 단어를 떠올리면 자연스레 '야속함'이 연상될 정도로 고양이들은 대체로 이기적이고 자기가 하고 싶은 것만 했다. 곁을 내어줬으면 해 조심스레 간식을 내밀면, 그들은 제 용건이 끝나자마자 휙 돌아서기 바빴다. 그러면 나는 '밉다 미워! 귀여운 자식' 하며 한숨을 내쉴 뿐이었다. 그래서인지, 백만 명이나 되는 주인이 사랑을 줘도 백만 번 산 고양이는 그다지 중요하게 여기지 않았다는 점이 새삼 섭섭하면서도, 진짜 고양이다운 매력 아닐까 싶었다.

세돌이를 키우면서 고양이에 대해 새로운 사실들을 알게 되었다. 그건 우리 세돌이가 아주아주 귀여운 이유라고 달리 부를 수도 있다. 세돌이는 내가 없을 때는 침대에서 고롱고롱 누워 자고 있다가, 내가 집에 오면 폴짝 내려와서는 나를 졸졸 따라다니며 뭐라 한다. 원성이 자자할 때도 있고 병아리처럼 삐약댈 때도 있다. 대부분은 밥 달라, 놀아 달라 둘 중 하나라서 이제는 뭘 원하는지 다 안다. 하지만 일부러 "인마! 말을 해야지 야옹야옹 울어대기만 하면 쓰나…" 하고 짐짓 무서운 얼굴로 훈계하며 고양이께서 원하시는 것을 대령해드리곤 한다.

세돌이는 내가 자려고 이불을 덮으면, 기다렸다는 듯 내 배 위에 올라와 이불을 쭙쭙 빨며 앞발로 꾹꾹 눌러댄다. 거부하려 해도 절대로 막을 수 없다. 애초에 너무 귀엽기 때문에 거부할 생각조차 없었다. 나중에서야 알게 되었지만, 세돌이의 이런 행동은 어미 고양이와 너무 일찍 떨어져 젖을 제대로 먹지 못한 고양이들에게 빈번하게 나타나는 습관이라고 한다. 세돌이는 아마도 나를 어미 고양이나 안심하고 기댈 수 있는 대장 고양이쯤으로 생각하는 것 같다.

예전에는 고양이는 하나같이 귀엽지만, 암만 그래도 이쁜 고양이와 못난 고양이가 따로 있다고 믿었다. 오랫동안 내 고양이 이상형은 푸짐하고 두둑한, '돼지 고양이'였다. 거기다 심술궂은 표정까지 받쳐준다면 금상첨화였다. 보고 또 봐도 다시 보고 싶을 만큼 귀여웠던 세돌이의 새끼 고양이 시절. 솔직히 앞으로는

못나질 일만 남았다고 생각했다. 세돌이는 두둑한 관상도 아니었고, 아무래도 새끼 고양이 때의 깜찍함을 이길 수는 없을 테니까….

그런데 웬걸? 조금 팔불출처럼 보일까도 싶지만, 세돌이는 미치도록 예쁘고 사랑스럽다. 내 눈에는 말 그대로 엄청난 미묘로 성장했다. 이제 나는 못생긴 고양이라는 말의 의미를 모르겠다. '세상 모든 존재는 다 아름답고 예뻐!' 같은 교과서적인 발상으로 그러는 것이 아니다. 정말로 고양이란 고양이는 남김없이 귀엽고 예쁘다. 해가 매일 뜨는 것처럼, 구름이 매일 지나가는 것처럼 당연하게….

몇 달 전, 친구가 이세돌을 실제로 길에서 본 적이 있다. 친구는 거리에서 그를 보자마자 하마터면 말을 걸 뻔했다고 했다. '안녕하세요! 제 친구 고양이 이름이 세돌이에요'라고. 그랬다면 그는 정말 당황했을 것이다. 바둑기사는 평정심을 유지하는 게 목숨과도 같은 직업이니 표정 변화 하나 없이 '그래서요?'라고 했을지도 모르겠지만. 어쨌든, 이세돌도 세돌이도 서로의 존재와 그 연관성을 전혀 모르고 살아가고 있다는 점이 재미있다. 이 사실을 세상에서 나만 알고 있다는 것도.

우연히 이세돌을 만나 이야기할 기회가 생긴다면 이 사실을 이세돌은 알게 될 수도 있다. 하지만 내가 고양이 말을 배우지 않는 한 세돌이에게 설명하기란 평생 어려울 것이다. 당장 캔이 다 떨어져서 오늘은 못 준다는 말도 할 수 없으니 말이다. 말이 통하지 않는다는 건 말할 필요가 없다는 뜻도 된다. 사소한 말 몇 마디로 의가 상할 일이 없으니 세돌이는 나를 배신할 리도, 내게 상처 줄 리도 없는 변함없는 친구다.

돌봐야 할 대상이 생기니 매일 해야 할 일이라는 게 생겼다. 밥을 주고, 놀아주고, 화장실도 치워주고… 귀찮은 그 일들이 나의 하루하루를 지탱해주기도 한다. 때때로 눈물이 눈앞을 가리는 날에도 오늘의 습식 캔을 따서 바쳐야 한다. 하지만 감히 말하건대, 세돌이로 인하여 내 삶이 어느 정도 완성되었다는 느낌을 받는다. 그를 만나기 전까지 조금, 아니 많이 심심하고 허무했었다.

고양이 목숨은 아홉 개라는 말이 있다. 설령 세돌이가 눈을 감더라도 그 언젠가 마법처럼 다시 태어났으면 좋겠다. 가능하다면 지금과 똑같이, 흑돌이 엉덩이에 콕콕콕 세 개가 박혀 있는 모습으로. 그렇게 다시 태어난 세돌이가 백만 번 산 고양이처럼 꿋꿋하게, 나 같은 주인 따위는 명랑하게 잊고 새 삶을 용맹하게 한 번 더 살아갔으면 좋겠다.

　백만 번 산 고양이가 사랑했던 하얀 고양이가 되고 싶다고, 혹은 될 수 있다고 믿지는 않는다. 다만 다시 태어난 세돌이를 내가 우연히 마주칠 수 있기를. 쭈그려 앉아 밥 챙겨 줄 수 있기를.

"너 이거 또 사천 구백 원 거기서 샀지?"

친구가 못 보던 예쁜 옷을 입고 오면 내가 으레 하는 말이다. 그럼 그녀는 머쓱한 듯 "응, 맞아" 하고 수긍한다. 여기서 '사천 구백 원 거기'라 함은, 우리들 사이에 소문난 쇼핑 명소로, 지하철 연신내역 안에 있는 빈티지 가게를 뜻한다. 그곳에 가면 대부분의 옷이 사천 구백 원이다. 특이하게도 처음부터 사천 구백 원은 아니고, 새로운 옷이 들어오는 첫 주에는 육천 구백 원에서 시작하여 옷이 좀 팔리면 오천 구백 원, 시간이 더 지나 다른 옷이 들어올 때쯤 사천 구백 원으로 떨어진다. 이때가 찬스다. 바로 그런 날 친구들과 우르르 몰려가서 "이거 어때? 나랑 잘 어울려?" 하며 정신없이 옷을 산다. 마음에 든다 싶으면 즉시 사야 한다. 잠깐 한눈판 사이, 야생의 아주머니들이 내가 골라둔 옷을 그대로 집어 계산대에 가져가버리는 일이 허다하기 때문이다. 연신내에 갈 일이 있으면 그곳에 들르는 건 우리들 사이의 암묵적인 룰이다. 참새가 방앗간을 그냥 지나치지 않듯이.

세상은 두 부류의 사람으로 나뉜다. '빈티지'를 '헌 옷'이라고 생각하는 사람과 '구제'라고 생각하는 사람. 엄밀히 말하자면 셋 다 그게 그거지만, 말이 주는 뉘앙스라는 게 있다. 나는 항상 후자였다. 고등학생 때부터 '빈티지는 세상에 단 하나밖에 없다'는 말에 가슴이 두근거렸다. 유일무이하고 싶은 건 세상 누구나의 바람 아닌가. 다른 아이들과 똑같은 교복을 입고 있던 나로서는 남들과 달라 보이는 게 절실했다.

그로부터 10년이 넘은 지금, 빈티지에 대한 사랑은 더하면 더했지 덜하지 않다. 대학생 때는 돈과 시간이 남을 때마다 학교 근처의 빈티지 가게에 가서 닥치는 대로 옷을 샀다. 지금도 연신내역 빈티지 가게뿐 아니라 벼룩시장이 열리거나 새로운 빈티지 옷 가게가 눈에 띄면 지나치지 못하고 들른다.

가끔 엄마가 내 자취방에 오는 날이면, 옷가지가 마구잡이로 쑤셔 담긴 서랍을 정리하다 늘 하는 말이 "너, 또 헌 옷 샀니?"다. 나는 "헌 옷이 아니라 구제라니까 그러네…" 듣는 둥 마는 둥 누워서 딴청을 피우다, "제발 좀 버려!" 하는 소리에 벌떡 일어나 "안 돼!" 소리친다. 이런 일화를 친구들에게 구시렁거리면, 친구들은 "어머, 그게 얼마나 귀여운데. 버리면 큰일 나지!" 하며 맞장구를 쳐준다.

빈티지를 사랑하는 나로서는 반갑게도 요즈음에는 환경 보호의 측면에서 빈티지 의류를 사는 게 윤리적인 소비방식으로 받아들여지고 있다. 사실 우리에게는 그저 좋은 핑곗거리에 가깝다. 빈티지라는 미명 아래, 덮어놓고 옷을 사들이고 있으니. 어쨌건, 한 번 산 옷이라면 엄마가 버리라 해도 각양각색의 이유를 대며 해질 때까지 입으니 우리도 환경을 보호하는 데에 일조하고 있지는 않나 싶기도 하다.

친구들과 모여 앉아 있다가 둘러보면, 우리의 모습이란 참으로 각양각색이다. 갖가지 다른 천을 이어 붙인 패치워크처럼. 머리는 삭발했더라도 롤리타 원피스를 입을 수도 있고, 히메컷을 해도 비즈니스 캐주얼을 입을 수 있다. 처음에는 '이게 뭐지?' 싶다가도 입고 다니다 보면 희한하게 어울려진다는 게 우리의 지론이다. 너무 화려하거나 소화하기 힘들어 보이는 패턴은 우리에게는 흠이 아닌 플러스 요인이다. 마치 옷이 나를 잡아먹은 것처럼 보여도, '자기주장 강하고 좋네' 하며 고개를 끄덕거린다.

같은 옷이라면 그 안에 시선을 붙잡는 요소가 더 많을수록 합격점이 올라간다. 뭐든 반짝이고 요란한 걸 탐내는 우릴 보면 꼭 까마귀 같다는 생각도 든다.

까마귀는 호기심이 많아 반짝거리거나 빛나는 걸 물고 오는 습성이 있다고 한다. 그래서 까마귀들이 모여드는 동굴에 가면 온갖 장신구, 단추, 금속 부품이 널려 있는 모습을 볼 수 있다고. 또 까마귀는 새 중에서 영리한 편에 속해서, 고마운 사람에게 답례로 자신의 수집품을 물어다 주기도 할 정도로 똑똑하다고도 한다. 까마귀의 여러 특성 가운데 유달리 내 이목을 끈 점이 있다. 까마귀 집단은 뚜렷한 리더가 없는 단순한 집합체라는 것. '오합지졸(烏合之卒)'이라는 말도 이런 이유로 생겨났다고 한다.

오합지졸이라…. 미리 친구들의 용서를 구하고 말하자면, 나와 내 친구들, 참으로 오합지졸로 보였겠구나 싶다. 물론 좋은 의미로 말이다. 리더가 없는 집단이라니, 이 얼마나 평등한가. 아마 우리처럼 까마귀들도 서로 좋아서 몰려다니는 것일 테다. 그렇게 생각하면 '까악까악!' 하고 우는 소리, 어쩌면 우리가 '오늘 사천구백 원이래. 쇼핑하러 가자!' 하는 것처럼 반짝이는 걸 주우러 가자는 까마귀들의 작당 모의로 받아들여도 되는 걸까.

가끔은 오합지졸 까마귀 집단을 이탈하는 친구도 있다. 나와 함께 대학교 앞 빈티지 가게에 뻔질나게 드나들곤 했던 P 언니는 한때 '폼폼'으로 만든 애벌레 모양 귀걸이를 끼고 다닐 만큼 재기발랄한 패션 감각의 소유자였다. 언니는 졸업 후 고향에 내려가게 되었는데, 자취방 짐을 정리하다가 행어가 무너질 듯 걸린 빈티지 옷들에 문득 질려버렸다고 했다.

그날 이후로 언니는 완전히 달라졌다. 알록달록한 빈티지 원피스와 모자, 카디건으로 온몸을 감쌌던 그녀는, 새까만 재킷과 깔끔한 청바지를 입고 나타났다. 언니는 저렴하지만 낡고 수명이 짧은 빈티지 대신, 비싸도 튼튼한 새 옷을 몇 벌 사서 오래도록 입기로 했다고 털어놓았다.

예전의 과감하고 귀여웠던 옷차림을 못 보게 되어 내심 아쉬웠지만, 나는 "이거, 완전 '색채가 없는 다자키 쓰쿠루'구만?"이라고 장난칠 뿐이었다. 이날의 농담이 꽤나 마음에 들어서 친구들 중 누군가가 면접이나 중요한 약속이 있어 무채색 정장을 말쑥하게 입고 나타나면 "오늘은 다자키 쓰쿠루네"라며 다시금 써먹곤 한다(여기서 '다자키 쓰쿠루'란 무라카미 하루키의 소설《색채가 없는 다자키 쓰쿠루와 그가 순례를 떠난 해》의 주인공 이름을 인용한 것이다. 이 책은 태어나서 단 한 번 읽었지만, 나는 '다자키 쓰쿠루' 농담을 백 번은 우려먹었다).

재미있는 사실은, 다자키 쓰쿠루가 되어버린 친구들이 입은 검은 옷마저도 찬찬히 뜯어보면 원단의 재질이나 색감은 하나하나 다르다는 점이다. 그들의 말을 빌리면 이렇다. 진정한 멋쟁이는 머리부터 발끝까지 까맣고 시크하게 입되, 각각의 아이템에 변주를 줘 단조롭지 않아 보이게 한다는 것. 나는 다자키 쓰쿠루들의 은근한 멋쟁이 철칙이 흥미로웠다. 제아무리 까만 옷으로 무난함을 가장해도, 슬쩍슬쩍 멋 내고 싶은 욕구를 감출 수는 없는 것이다. 놀려주고 싶은 귀여운 구석이 아닐 수 없다. 동시에, 알록달록한 빈티지 마니아의 다음 스텝이 까만 옷 마니아라는 점이, '아하! 모로 가나 도로 가나 멋쟁이는 전부 까마귀라는 걸 증명하는군!'이라는 이상한 깨달음을 줄 뿐이다.

벌써 이십 대 후반을 지나고 있으니, 경조사에 참석할 일도 많아지고 있다. 그런데 옷장을 여니 입을 만한 옷이 하나도 없어 곤란하다. 하다못해 기본적인 흰 셔츠도 없다. 사고 싶은 옷만 사고, 입고 싶은 옷만 입은 결과다. 위기감을 느껴 연신 인터넷 쇼핑몰을 뒤적여보지만, 왜 자꾸 조금이라도 디테일이 독특한 옷들만 눈에 들어오는지. 똑같이 까만 블라우스라도 사선으로 프릴이 달려 있거나 단추 모양이 예쁜 게 끌리고, 코트를 고르려 해도 칼라가 커다랗거나 세일러 스타일인 게 눈에 밟힌다.

나, 아무래도 그른 걸까. 아무리 평소에는 빈티지 옷들로 멋을 뽐내고 다녀도 그런 날에는 축하받거나 애도받을 사람을 위해 내 개성을 내려놓아야 하거늘…. 이래서는 누군가의 결혼사진 속 분홍색 옷차림을 하고 어색하게 서 있는 송은이 님처럼, 나도 쭉정이 같은 모습으로 친구의 결혼사진에 박히게 되는 건 아닌가 싶다.

사람들은 마스코트를 참 좋아한다. 나만 해도 하고 많은 김 중에서 '성경 김'을 선호해 그것만 사 먹는데, 특별히 맛있어서가 아니라 포장지에 그려진 마스코트가 참 골 때리게 생겨서다. 정체불명의 빨간 벙거지를 쓴 구멍이 송송 난 김이 공허한 미소를 지으며 엄지를 척 세우고 있다. 밥 한술 김에 싸 먹을 때마다 포장지에 그려진 성경 김 마스코트에 자꾸만 눈길이 간다.

　큰 바위와 조그만 돌이 나란히 있으면 "엄마 돌이랑 아기 돌이네!"라고 하는 것처럼, 무생물을 인간적 관점으로 바라보고 싶은 욕망이 누구에게나 있는 걸까? 가게의 간판만 해도 그렇다. 자전거 수리점이라면 고장 난 자전거가 아파하는 그림이라든지, 복덕방이라면 집이 책을 들여다보며 뭔가를 열심히 고민하고 있는 그림이라든지…. 뭐든지 인간 중심적으로 바라보는 것 경계해야 한다고 생각하지만, 그래도 귀여운 마스코트를 보면 "아우~" 소리가 절로 나온다.

얼마 전 통영으로 여행을 다녀왔다. 어디를 가든 꿀빵집이 늘어서 있었다. 아는 사람은 다 알겠지만, 꿀빵은 주로 팥앙금이 든 빵에 꿀을 범벅하고 그 위에 깨를 뿌린 통영의 특산물이다. 여행 내내 이 집 저 집 꿀빵을 많이도 먹었는데, 그중에서 기억에 남는 곳은 원조로 알려진 '오미사 꿀빵'이다.

맛으로 따지자면, 사문난적에 가까운 시내의 다른 꿀빵집의 것이 월등히 맛있었다. 쫀득한 식감에, 소의 종류도 녹차나 고구마 등으로 다양했다. 이에 비해 오미사 꿀빵의 꿀빵은 퍽퍽한 편이고, 꿀빵 소도 팥앙금 단 한 종류였다. 그럼에도 오미사 꿀빵이 기억에 남는 이유는 마스코트 때문이었다.

서피랑 마을 정자에 앉아 오미사 꿀빵에서 사온 꿀빵을 먹으며 비닐봉지에 그려진 그림을 유심히 보았다. 울퉁불퉁한 말풍선처럼 생긴 까만 꿀빵에 느낌표 모양으로 윤기가 표현되어 있었다. 그중에서도 압권은 꿀빵의 하얗고 희미한 미소. 그건 그렸다기보다는 흘린 것에 가까웠다. 눈과 입을 3초 안에 다 완성했을 것 같은 무심한 표현법이 참 좋았다.

"이 꿀빵 그림, 아주 굉장하네…." 어금니에 달라붙은 꿀빵을 힘겹게 목 안으로 넘기며 친구들에게 말했다. "역시! 올드 스쿨은 다르군." 친구 중 한 명이 고개를 끄덕였다. 꿀빵도 꿀빵이지만, 그 어슴푸레한 미소를 짓고 있던 비닐봉지 위 꿀빵 그림 덕분에 하루가 든든해졌다.

누가 봐도 동의할 만큼 귀엽거나 예쁘지 않아도 일단 마스코트라면 정들어버리는 걸까. 서울에 처음 상경했을 때, 모름지기 가장 아름다운 지역구 마스코트는 종로구의 '종돌이'라고 생각했다.

보통 지역을 대표하는 마스코트들은 그 지역의 특산물이나 위인 등의 상징을 이것저것 욱여넣은 뒤 성경 김에서도 그랬듯 '따봉' 포즈를 시키는 것이 일반적인데, 종돌이는 전혀 달랐다. 보신각 종에서 이미지를 따온 종돌이는 아주 간단한 선으로만 이뤄져 있다. 그리고 친절한 안내원 같은 선한 미소를 짓고 있다. 또한 재현에 충실히 입각한다면 푸르스름한 보신각 종의 빛깔을 그대로 따라 청록색 혹은 초록색으로 표현해야 맞겠지만, 여기서 한번 비틀어 '종'의 이미지를 떠올릴 때 가장 먼저 연상

되는 빛깔인 황금색이 주된 색상으로 사용되었다.

한마디로 요약하자면, '이건 디자인의 승리로다!' 싶은 아주 간단하면서도 최대의 효과를 내는 마스코트라 볼 수 있겠다.

나는 요즘 이 완벽한 종돌이 대신 다소 못난 마스코트에게 끌리고 있다. 그건 바로 내가 사는 은평구의 마스코트 '파발이'다. 파발이와의 첫 만남은 종량제 쓰레기봉투를 사면서 시작되었다. 그는 꼭 〈슈렉〉에 나오는 '동키'처럼 사실적으로 표현된, 코를 벌름거리고 있는 마두에 황토색 반바지와 운동화를 신은 인간의 몸이 생뚱맞게 합쳐진 형태를 하고 있었다.

왜 하필 말일까. 경악스런 마음을 잠재우고 들여다보자면, 조선시대에는 사람이 직접 말을 타고 달려서 긴급한 정보를 전달하는 통신 방식인 '파발'이 있었는데, 당시 지금의 역과 같은 역할을 하던 '역참'이 현재 은평구의 구파발에 있었다고 한다. 그리하여 지금의 파발이는 은평구 관내와 관외의 여러 지역을 돌아다니며 정보 및 물건을 수송하는 업무를 하고 있다고….

그렇다면, 왜 아래는 인간인 걸까. 난생처음 지역구 마스코트의 유래까지 찾아보았지만, 도무지 알 수 없었다. 쓰레기를 버릴 때마다 초롱초롱한 눈빛으로 나를 바라보는 반인반마 파발이와 눈길이 마주치면 뭐라 설명할 수 없는 복잡한 기분이 들었다.

이곳에 산 지 벌써 3년이 다 되어가니 파발이를 볼 때마다 조금씩 반가워지려고 한다. 그럴 때마다 흠칫 놀라는데, 누구에게도 말할 수 없는 비밀이라며 마음을 다잡는다. 그런데 사람들을 만나서 우연히 현수막이나 쓰레기봉투 등에서 파발이를 목격하면 이렇게 설명하고 있는 내 모습을 발견하게 된다.

"저 말 캐릭터, 정말 웃기지 않아요? 은평구 마스코트인데요. 옛날에 말을 타고 급한 소식을 전달하던 파발에서 따온 거래요. 나 참⋯."

"오, 그래요? 몰랐네⋯."

사람들은 관심 없는 듯 지나갔지만, 그때 알았다. 내가 파발이를 신경 쓰고 있다는 사실을. 내가 파발이와 관련한 정보를 줄줄 꿰고 있다는 사실 자체가 파발이에게 지대한 관심을 갖고 있음을 밝힌 꼴이라는 걸.

파발이의 경우에는 극단적으로 '인간의 몸'이라는 요소가 있고, 종돌이 또한 비록 몸은 종이라도 '얼굴'을 갖고 있다. 다른 마스코트들도 비슷하다. 인간의 몸 대신 포도송

어딜 가나 마스코트

이에 팔다리가 달려 있을지언정 눈·코·입은 꼭 있다. 마스코트에 있어서 의인화는 필수불가결한 요소인가 보다. 그것들을 보고 있자면, 아이밤 붙이기^{Eyebombing}가 떠오른다.

아이밤 붙이기란, 공공장소에 있는 무생물에 플라스틱 인형 눈알을 붙여서 생명을 불어넣는 도시 예술 프로젝트를 일컫는다. 아이밤 붙이기의 대상은 도시에 있는 것이라면 무엇이든 될 수 있다. 쓰레기통이 될 수도 있고, 우체통이 될 수도 있고, 돌멩이가 될 수도 있다. 그렇게 얼굴 없던 사물에 심혈을 기울여 눈을 붙인 뒤 사진이나 영상을 찍어 공유하는 것이 이 재미있는 프로젝트의 골자다.

플라스틱 인형 눈알을 들고 도시 곳곳을 관찰하다 보면, 거리의 모든 것이 눈을 번쩍 뜰 가능성을 가지고 있는 사물들로 다시 보이게 되지 않을까? 그것만으로 사람들은 일상에 대한 시각을 바꿀 수 있다. 그 데굴데굴 구르는 플라스틱 눈알을 보는 것만으로도 피식 웃음이 나기도 하고….

어떤 마스코트이든 얼굴이 있다는 사실 뒤에는 사람들에게 귀엽거나 친근해 보이게 하려는 의도가 숨어 있겠지만, 적어도 내게는 주변에 있는 모든 것이 살아 움직일 수 있다는 상상을 하게도 만든다. 가게 앞에 주차 금지를 할 요량으로 출입문에 끈으로 묶어 놓은 의자를 보면, '가게를 지키고 있구나. 꼭 강아지 같네…' 하고 왈왈 짖는 강아지 얼굴을 의자 위에 그려본다.

　사람들이 〈토이스토리〉에 열광하는 이유도 살아 있지 않은 것들이 살아 움직이는 모습을 보고 싶은 열망 때문은 아닐까 싶다. 어릴 때 〈토이스토리〉를 보고서는 집에 있는 인형을 딴청 피우는 척하다가 휙 하고 돌아본 경험이 있지 않나. 혹시 인형들이 몰래 움직이는지 보려고. 우습고 귀여운 이야기지만, 난 그게 감히 인간 본성이라고 말해본다.

　많은 사람들이 훌쩍 여행을 떠나지 않는 한 늘 같은 풍경을 바라보며 산다. 매일 가는 회사, 매일 타는 버스, 매일 돌아오는 집…. 그럴 때는, 삶 자체가 하나의 통로 같다. 어디에 갔다가 돌아올 뿐인, 아무런 단상도 남지 않는 통로. 우리가 갑자기 애먼 화산 지대에 떨어져 폭발하는 분진을 피해 멀리 달아난다거나 하는 스펙터클한 일은 오늘 하루 일어나긴 어렵다.

　당장 하루를 바꿀 수 없다면 길가의 간판에 그려진 마스코트들을 눈여겨보며 따라가보자. '아니, 이런 게 있었어?' 싶게 괴상하고 귀여운 그림이 많을 테다. 한 열 개만 세어 보면 이미 그날은 뜻밖의 여행이 되어 있을 것이다. 속는 셈 치고 한 번만 믿어 보시라.

초등학교 시절, 시골에 있던 외할머니 댁에서 살았다. 논밭 사이로 흙길이 나 있었는데, 쭉 걷다 보면 숲이 하나 나왔고, 잡초와 풀들이 무성한 사이사이로 새빨간 산딸기가 열려 있었다. 잔뜩 따 가면 외할머니한테 칭찬을 받을까 싶어 주머니와 손이 빨개지도록 열심히 딸기를 땄다. 그런데 웬걸, 외할머니는 산딸기가 아니라 뱀딸기라며 밖에 내버리고 오라고 하셨다.

산딸기인 줄 알고 한가득 딴 뱀딸기는 소꿉놀이할 때 요리 재료로 쓰였다. 돌로 짓이긴 뱀딸기를 친구 입에 가져다 대며 "어서 먹어봐요. 여보" 하면, 친구는 "맛있네요. 우리 여보 음식 솜씨 최고!" 하며 우물우물 먹는 시늉을 했다.

길가에서 보는 많은 식물들이 소꿉놀이 식재료로 사용되었다. 특히 개망초는 필수 식재료였다. 하얀 꽃잎과 노란 꽃밥이 꼭 달걀프라이같이 생겨서였다. 그때는 개망초라는 이름도 몰라 '계란꽃'이라고 불렀다. 장미에 난 가시는 코에 붙이고 코뿔소 놀이를 할 때도 유용했지만, 후추 같은 조미료 역할을 톡톡히 했다. 민들레 홀씨도 바람에 날리지 않게 조심조심 들고 와서 모차렐라 치즈인 양 모래 밥에 흩뿌렸다.

피아노 학원에 가는 날이면 늘 사루비아 꽃(샐비어가 어법에 맞는 말이지만, 어쩐지 사루비아가 더 정감 있다)을 먹었다. 귀갓길에 학원 차를 기다리면서 친구들과 별의별 놀이를 다 했는데, 그중에서도 사루비아 꽃 속 꿀 빨아 먹기가 별스럽게 재미있었다. 어른들은 대로변 화단에 핀 꽃이니 매연을 잔뜩 먹었을 거라며 먹지 말라고 훈계했지만, 우리는 못 들은 척 사루비아 안에 든 꿀을 쪽쪽 빨아대기 바빴다. 간식 사 먹을 돈이 없지도 않았고, 먹는 요령이 없어서인지 달콤한 맛을 충분히 느껴본 기억도 없다. 그럼에도 그토록 사루비아 먹는 일을 좋아한 이유는 꽃을 먹을 수 있다는 점 자체가 즐거워서였다. 꿀벌이나 나비도 아닌데 이렇게 꽃을 따서 먹고 있다니. 꼭 요정이라도 된 것 같잖아?

무슨 꽃이든 간에 음식으로 치환할 수 있을지 눈에 불을 켜고 보던 버릇이 남아서일까. 다 자란 지금도 풍성한 꽃을 보면 '먹음직스럽다'는 생각이 제일 먼저 든다. 가장 군침 도는 꽃은 목련이다. 목련의 봉우리가 다 펴지기 전에 하얗고 통통한 꽃잎이 동그랗게 오므려져 있는 모습은 찐빵을 빼닮았다. 목련 꽃잎이 한 장 한 장 떨어지면, 그때는 알새우 과자 같다. 사람들이 무심히 꽃잎을 밟고 지나가면, '아, 알새우 과자…' 하고 파삭, 과자가 부서지는 소리를 상상한다.

자목련은 또 어떤가. 꽃잎의 안쪽은 여전히 흰빛인데, 바깥 면만 물이 들듯 자줏빛을 띠는 게 꼭 적양파 같다. 오므려져 있을 때는 더욱. 목련뿐만 아니라 벚꽃도 그렇다. 벚꽃은 멀리서 보면 분홍빛이지만, 가까이서 보면 하얗다. 하얗고 얇은 꽃잎이 크기도 자그마한 것이 뻥튀기 같다. 또, 날이 따뜻해지면 어느 순간 팡! 하고 터지듯이 너도나도 만개한다. 그런 속성조차도 뻥튀기를 닮았다. 봄이 오면 '뻥튀기가 풍년이군' 하며 집 근처 불광천 천변 길을 따라 쭉 심겨 있는 벚꽃들의 향연을 감상하곤 한다. 그렇게 꽃 피는 봄이면 온통 먹을거리를 떠올리기 바쁘다.

아! 누가 봄은 고양이라 했던가. 봄은 오직 눈과 코로 즐기는 뷔페로다.

나무들 또한 나의 무차별적 음식 대상화에서 벗어날 수 없다. 가을이 되어 노랗게 물든 은행나무, 특히 머리숱이 유달리 풍성

한 은행나무를 보면 프라이드치킨이 떠오른다. 노랗게 튀김옷을 묻혀 튀긴 닭 다리 같다고나 할까. 그러면 은행나무 가로수들이 일렬종대로 늘어선 닭 다리로 보인다. 초록빛 상록수를 볼 때는, 커다랗게 늘인 브로콜리 같다고 생각한다. 반대로 브로콜리를 먹을 때는 상록수를 먹는 중이라고 상상한다. 숲이든 길가든 자라난 나무들을 한 손으로 '쑥' 뽑아서 초장에 찍어 먹고 있는 것이다. 버드나무는 꼭 바다포도 같지 않은가? 연둣빛 이파리가 달린 가지들이 축 늘어진 꼴을 보고 있으면, 젓가락에 면발처럼 걸린 바다포도의 모습이 겹쳐 보인다.

이렇게 써 놓으니, 식물에 많은 식견을 가진 사람처럼 보이지만, 철쭉을 보고 "진달래가 잔뜩 폈네" 했다가 엄마에게 "진달래는 무슨. 철쭉이야, 임마" 소리를 들었을 정도로 실상은 전혀 모른다. 식물을 돌보는 일 또한 잘하지 못한다. 그 존재를 까먹고 있다가 바싹 말려 죽이기 일쑤다. 그러다 보니, 나는 존경하는 사람은 없어도 따르고 싶은 사람은 분명히 있다. 식물을 죽지 않게 잘 돌볼 줄 알거나, 길가에 피어 있는 풀이나 꽃들의 이름을 잘 아는 사람이다.

내가 알던 사람 중에 내게는 도무지 찾기 힘든 능력을 가진 사람이 딱 한 명 있었다. 바로 우리 외할머니다. 뱀딸기를 따 간 나를 혼내시던 외할머니는 그 무렵 집 마당에 소담한 화단을 만들어 놓으셨다. 꽃 이름을 잘 알지 못하기에 무슨 꽃이 있었는지는 세세하게 기억하긴 어렵다. 다만 외할머니는 계절마다 바뀌는 꽃들을 항상 정성스럽게, 아름답게 키우셨다. 새싹을 틔워보라며 내 손에 씨앗을 쥐여 주신 적도 있다.

싹 트는 걸 보고 싶어서 매일 눈을 뜨자마자 잠옷 바람으로 화단에 나갔다. 새끼손톱만 한 잎이 자라난 아침, 외할머니께 달려가 새싹이 돋았다고 방방 뛰며 말했다. 무엇의 새싹이었는지 나는 잊어버렸다. 아마 외할머니가 계셨다면 그것조차 무엇인지 기억하고 계셨을 거다.

외할머니는 동백꽃을 가장 좋아하셨다. 시골 살 때의 기억을 떠올리면, 제일 먼저 마당에 드리운 커다란 동백나무가 생각난다. 어린 내 눈에는 동백꽃이 촌스럽기만 했다. 빨갛고 둥그런 꽃잎과 윤기 나는 나뭇잎이 꼭 화투장에 그려진 그림 같았고, 머리 큰 초등학생들이 으레 그렇듯이 빨간색보다는 신비로워 보이는 보라색이나 세련된 검은색을 좋아했기 때문이다. 어쩌다 외할머니가 장날에 나 입으라고 옷을 사다 주시면, 대부분 주황색이나 빨간색 옷들이어서 속상한 마음이었다. 주황과 빨강을 가장 좋아하시던 외할머니로서는, 당신이 보기에 가장 예쁜 옷을 사다 주신 것이었는데.

외할머니는 뜨개질 솜씨도 엄청났다. 잠깐 새에 목도리며 인형이며 소품을 만들어내셨다. 언제는 내게 빨간 목도리에 뜨개질로 뜬 동백꽃 다섯 송이를 달아서 주셨는데, 동백꽃이 마음에 들지 않아서 항상 꽃이 보이지 않는 방향으로만 목도리를 맸다.

외할머니가 돌아가시고 몇 년 후, 충무공 이순신의 영혼을 모시는 사당에서 300년 된 동백나무를 보았다. 기나긴 시간을 살아낸 나무는 붉은 동백꽃을 흐드러지게 피워내고 있었다. 탐스러운 나뭇잎들도 반지르르하게 하나하나 윤이 나지 않는 데가 없었다. 나무 밑으로는 떨어진 동백 꽃잎들이 소담히 쌓여 있었다.

그 꽃잎들을 보곤 딱히 치환할 먹을거리가 생각나지 않았다. 그런데도 이상하게 먹어버리고 싶었다. TV 드라마 속 여자 주인공이 애인과 다투고서는 울면서 양푼비빔밥을 끊임없이 먹어 치우는 장면에서의 마음처럼. 그리움과 슬픔이 찾아오기 전에, 그 꽃잎들로 내 목구멍을 막아 눈물을 막고 싶었다.

다행스럽게도, 눈물이 핑 도는 순간 어디서인가 길고양이가 나타나 동백나무를 밑동부터 벅벅 긁으며 원숭이처럼 올라탔기 때문에 저 고양이, 별꼴이네. 모르는 척 고개를 돌릴 뿐이었다.

엄마가 부추기는 통에 해피트리 화분을 사러 간 날. 꽃집 할머니는 잘 키워보라는 말과 함께 이렇게 말씀하셨다.

"식물을 키우지 않는 사람은 마음이 메마른 사람이에요."

그 해피트리. 몇 년간 잘 키우고 있었는데 통 바빠서 물 주기를 깜빡하는 바람에 잎이 다 말라버렸다. 그러면 내 마음은 메마른 걸까, 촉촉한 걸까.

적어도 식물을 볼 때마다 먹어버리고 싶다고 생각하니, 식물을 잘 키우지는 못해도 식물을 사랑하는 사람으로 쳐줄 수 있지 않을까. 외할머니가 들었다면 어림 반 푼어치도 없는 소리라며 혀를 끌끌 차실까. 그래도 이제는 동백꽃을 사랑하게 되었으니 봐 달라고 사정하면 괜찮지 않을까. 점점 떼쓰는 일만 늘어간다.

붉은 비페로다

어느 가을날이었다. "이번 주 목요일에 서울랜드 갈래?" 친구가 느닷없이 물었다. 회사는? 하니 "연차 쓰지 뭐" 하고 답하고. 옆에 있던 친구들도 "나도 갈래!" 하는 바람에 갑작스럽게 놀이동산 나들이를 떠나기로 했다.

서울랜드는 중학생 때 마지막으로 가보았다. 촌스러운 교복에 '초코송이' 머리를 하고 열댓 명이서 왁자지껄 몰려다녔더랬지. 팍팍한 이십 대 후반의 성인이 되어서 다시 그곳에 갈 생각을 하니 어린이들 노는 데 괜히 방해가 되는 건 아닐까 일말의 걱정도 들었다. 하지만 두근거리는 마음으로 하루하루 지내다 보니 벌써 디데이.

서울랜드에 있는 수많은 놀이기구 중 제일 타고 싶었던 건 단연 '코끼리 열차'였다. 놀이동산으로 들어가는 일종의 교통수단으로, 일반적인 셔틀버스를 운행해도 되지 않을까 싶은데…. 초입부터 신이 나라는 의도일까? 늘 궁금했었다.

그 장난감 열차 같은 코끼리 열차에 다 큰 친구들과 다닥다닥 붙어 앉아 위아래로 흔들리며 타고 있자니 어릴 때 삼촌이 트럭 짐칸에 오빠와 나를 태우고 가던 시골길이 생각났다. 위험천만한 일이건만 왜 그렇게 재미있었는지.

탈탈대며 달린 코끼리 열차가 목적지에 당도했다. 평일 낮인데도 현장 학습을 온 청소년과 부모님 손잡고 온 아이들로 북적였다. 인파를 헤치고 가장 한적하고 풍류 있는 곳을 찾아 자리를 잡은 우리는 각자 싸온 도시락을 늘어놓았다.

태어나서 김밥 한 번 싸본 적 없었기에 지하철역 앞에서 사온 유부초밥을 꺼냈다. 다른 친구들은 프렌치토스트, 땡초 김밥, 딸기잼 샌드위치 등 메뉴도 다양했다. 특히 S가 가져온 딸기잼 샌드위치가 예사롭지 않았다. 때는 10월 말. S는 샌드위치에 핼러윈 콘셉트를 확실히 살렸다. 딸기잼을 바른 식빵을 돌돌 말아 손가락처럼 모양을 잡고, 아몬드를 손톱 삼아 끼워 넣고, 손마디 주름은 포크로 꾹꾹 눌러서 핼러윈 한정 '호러 샌드위치'를 만들어 왔다.

핼러윈 분위기를 한껏 낸 건 친구의 샌드위치뿐만이 아니었다. 서울랜드도 마찬가지였다. 그런데 어딘가 이상했다. 그냥 핼러윈 축제가 아니라, '마디그라 Mardi Gras 축제' 라는 이름의 난생처음 듣는 축제를 벌이고 있던 것이다.

찾아보니, 마디그라 축제란 미국 뉴올리언스의 행사로 2월 즈음에 열린다고 했다. 10월의 어느 멋진 날 한국에서 뜬금없이 뉴올리언스의 축제를 하는 걸까. 정말이지 알 수 없다. 곳곳에 장식된 마디그라 축제의 상징인 보라색, 금색 등의 깃털 달린 가면들을 구경하고 관짝에도 들어가 사진도 찍으며 우리 또한 이 갑작스러운 마디그라 축제를 나름대로 즐겼다. 한데, 마디그라 축제와 관짝이 관련이 있을까? 모를 일이다.

마디그라 축제 상징물 말고도 놀이동산에서 심심찮게 볼 수 있던 건 천사 날개 벽화다. 이 벽화는 대체 언제부터, 또 누가 그리기 시작한 걸까? 당초의 의도는 모르겠지만, 현대의 날개 벽화는 명소의 상징, 혹은 명소가 되고자 하는 장소의 숨겨진 야망을 드러낸다고 볼 수 있다. 그것도 살짝 철 지난. 하지만 나는 고까워하기보단 기꺼이 속아 넘어가주는 쪽이다.

"저기 앞에 서봐, 서보라니까!" 날개 앞에서 천연스레 사진을 찍었다. 남는 게 사진이라는 말. 어릴 때는 괜스레 듣기 싫었는데('눈과 마음으로 담으면 되죠, 유치하게'라고 유치하게 생각했다), 요즘 들어 참 와닿는 말이다.

놀이기구들은 옛날 그대로인 것도 있고 바뀐 것도 있었다. 일단, 옛 모습 그대로인 것은 '쥬라기 월드'. 깨진 공룡알 너머로 얼굴을 내밀 수 있는 공룡알 포토존이 놓인 입구를 지나 안으로 들어서면 어디선가 공룡 울음소리가 울려 퍼지고 있다. 이 어트랙션의 콘셉트는 어느 공룡 연구학자의 연구실이다. 실험실 선반 위에 '공룡 지대의 수풀'이나 '공룡의 눈'이라고 쓰인 이름표와 함께 해당 연구 자료들이 놓여 있는데, 누가 봐도 평범한 조경용 미니어처 풀을 삼각 플라스크 안에 넣거나 탁구공에 아크릴 물감으로 그렸을 뿐인 물건들이었다.

어릴 적에 봤더라면 '우와!'를 연발하며 진짜라고 믿었을 텐데. 재미없는 어른, 더군다나 조소과를 다녔던 나로서는 제작 과정을 보지 않아도 훤했다(이토록 오만무도할 수가…).

좀 더 안쪽으로 들어가니, '아니, 이게 다 뭐야!' 싶을 정도로 커다란 공룡들이 나를 맞이해주었다. 트리케라톱스, 스테고사우

루스, 티라노사우루스…. 재미있는 점은, 이 공룡들이 모두 조츰조츰 움직이고 있었다는 사실이다. 공룡 내부에 움직임을 만드는 기계 장치가 있는지, 아가리를 천천히 여닫거나 팔다리를 뚝딱거리며 휘적거리고 있었다.

그토록 큰 공룡들이 움직이기까지 하니 무서워야 마땅한데, 나도 모르게 웃음이 났다. 하나도 무섭지가 않아서였다. 그 움직임은 꼭 덩치 큰 사람이 이리저리 덤벙대는 것 같았다. 더 가까이서 보니 공룡들의 눈빛도 텅 비고, 만듦새도 엉성하니 연약해 보였다. 너희들, 밥은 잘 먹고 다니니? 맘 아파서 공룡 사료라도 챙겨주고 싶었달까.

예전과 달라진 것이라면 '또봇트레인'이나 '출동! 슈퍼윙스' 등의 놀이기구들. 분명히 과거에는 지금과 똑같은 위치에 다른 캐릭터가 씌워져 있었던 기억이 난다. 또봇트레인의 경우에는 사슴썰매였다. 본디부터 또봇트레인이었던 양 위용을 자랑하는 또봇까지 그 앞에 자신만만한 포즈로 서 있는 걸 보니 기분이 이상해졌다. "너, 사슴썰매였잖아! 거짓말 치지 마!"라고 하면, 또봇이 "아닌데? 원래부터 또봇트레인이었는데?"라고 시치미를 뗄 것 같았다.

저녁에 이르자 놀이동산 담벼락마다 네온사인에 불이 들어오기 시작했다. '사랑해', '우리 우정 영원히' 따위 글씨가 엽서체로 쓰여 있고…. 더 탈 만한 놀이기구를 찾아다니던 중에 둥그런 모양의 옛날 서양식 레스토랑 같은 하얀 건물이 눈에 띄었다. 건물 안에는 텅 빈 연회장처럼 하얀 테이블보가 씌워진 동그란 테이블이 수없이 놓여 있고, 하얀 커버가 씌워진 라운지체어가 테이블을 따라 네댓 개씩 있었다. 불 꺼진 연회장에 하얀 가구들만 둥둥 있으니 꼭 유령들의 연회장에 초대받은 듯했다.

'어린이 한식체험존?'

구석에 걸려 있던 배너 광고판을 확인하곤 허탈하게 또 웃고 말았다. 데이비드 린치 영화에 나올 법한 으스스한 미국적인 공간이라고 생각하고 있었는데. 분명 처음에는 어린이들의 한식

체험을 위한 공간은 아니었을 것이다. 하지만 지금은 무슨 까닭일까. '연회장인 줄 알았죠? 속았습니다! 한식 체험장입니다!' 짓궂은 마술사가 그 하얀 테이블보를 휙, 걷어낸 기분이랄까.

　가만 생각해보면, 서울랜드의 모든 것이 그랬다. 본래의 목적이 아닌 목적으로 얼렁뚱땅 운영되고 있다는 게 기묘한 느낌을 자아낸다. 특히 매표소나 건물, 자잘한 소품들은 옛날 모습 그대로이기에 괴리감이 더 크게 느껴진다. 뭐랄까, 지금 내가 있는 곳이 현실 세계가 아닌 놀이동산 타이쿤 게임 속인데, 플레이어가 계속해서 레벨을 올리며 놀이기구를 업그레이드하고 개조하는 상황 같달까? 모든 변화들은 무미건조한데, 나만이 변화를 묘하게 느낀다는 점이 꼭 내가 게임 속 놀이동산 이용객이 된 것만 같았다.

　'쥬라기 월드'의 공룡이 가짜인 것처럼, 놀이동산 대부분의 것들이 가짜다. '해적 소굴' 안에 있는 바위도 가짜고, '급류타기'에서 타는 통나무배도 통나무처럼 성형한 플라스틱 배다. 급류도 모터로 사람이 조작하는 가짜 급류다. 심지어 마디그라 축제도 가짜다.

　언뜻 그럴듯하지만, 자세히 들여다보면 온통 스티로폼과 플라스틱으로 이뤄진 세상이다. 하지만 놀이동산은 부끄러워하지 않는다. 오히려 진심으로 그 가짜를 표방하고 있다. 건물 앞에 불쑥 '피사의 사탑'이 있어 '여기는 이탈리아 콘셉트인가?' 싶다가도, 바로 뒤돌면 민속촌에서 국밥을 팔고 있다. 그 앞으로는 가면 쓴 마디그라 축제의 행렬이 지나간다. 서울랜드 안에서 문화란 또 다른 놀이기구와 포토존 거리에 불과하다. 그 참을 수 없는 가벼움이 놀이동산의 진정한 매력이다. 현실은 잠시 잊은 채 가짜 세상에서 가짜 놀이를 하며 머리를 비우는 것, 최고이지 않은가?

어느새 폐장 시간. 광장에 있던 대형 미러볼이 희번덕거리며 켜지고, 쩌렁쩌렁한 전자음악이 놀이동산을 가득 메웠다. 그러려고 오기라도 한 것처럼, 사람들은 광장에서 다들 춤을 추었다. 청소년도, 부모님도, 어린이도, 할아버지 할머니도, 친구들도 전부 다⋯. 나도 그랬다. 그날 하루, 거짓말처럼 행복했다.

집에서 얼마 떨어지지 않은 거리에 이름이 '고장 난 시계'인 가게가 있다. 고장 난 시계를 고친다고 해서 가게 이름이 고장 난 시계라니. 이 얼마나 직관적이고 간단한 작명인지.

밖에서 보기에 겨우 1~2평 될까 말까 할 정도로 작은 가게 안을 슬쩍 들여다보면, 백 장은 족히 넘어 보이는 클래식 음반이 체리색 시디장에 가지런히 꽂혀 있다. 가게 앞을 지나가면 감미로운 클래식 선율이 흘러나와 문득 그 안을 바라보게 한다. 시디장 너머로 복닥복닥하게 놓인 시계들과 파릇파릇한 화초들 가운데로 시계를 고치고 있는 할아버지가 흐릿하게 보인다.

좀처럼 그 가게 문을 열고 들어갈 일이 없어서 궁금해하기만 하며 2년이 지났다. 나는 고장 난 시계는 물론이고 멀쩡한 시계

조차 없었다. 몸에 뭘 끼거나 달고 다니는 게 거추장스러워 액세서리는 기피했고, 시간이 알고 싶다면 매일 들고 다니는 휴대전화를 보면 되니까. 그러다 지난겨울, 생각지 못한 결에 시계를 하나 샀다. 2000년대 모토로라 폴더폰을 인형 장난감 크기로 줄인 듯한 디자인의 회중시계였다. 폴더폰을 열듯이 시계를 달칵 열면, 휴대전화 액정이 있어야 할 부분에 시계의 숫자와 시곗바늘이 있다. 아랫부분에는 음각으로 정교하게 새겨진 키패드까지…. 약이 닳아서인지 시계는 멈춰 있었지만, 내 물욕을 꺾을 사유가 못 되었다. 설령 시계를 고친다 해도 들고 다니지는 않겠지만 고치고 싶었다. '이게 움직일까?' 의심되는 장난감 같은 시계가 째깍째깍 돌아가는 모습을 상상하니 실로 경이로울 것 같았기 때문이다.

고장 난 시계에 갈 구실이 드디어 생겼다는 사실에 내심 설레었다. 늘 지나치기만 하던 가게 문을 열자 "어서 오세요!" 하며 가게 안쪽에 있던 할아버지가 나를 살갑게 맞아주었다.

"안녕하세요. 저, 시계를 고치려고 하는데요. 좀 특이하게 생겼는데… 고칠 수 있을까요?"

할아버지는 책상 위에 있던 안경을 쓰면서 내 시계를 들여다보았다. "네, 당연히 고칠 수 있죠."

공구함을 열어 드라이버를 꺼낸 할아버지는, 능숙한 몸짓으로 시계 곁면의 작은 나사를 천천히 풀어서 빼냈다.

"이게 모양은 특이한 것 같아도 다른 시계랑 구조는 아주 똑같아요."

시계의 뚜껑을 열자 무브먼트 쪽에 약 넣는 부분이 있었다. 할아버지는 핀셋을 들어 동그란 전지를 아주 섬세하게 끼워 넣었다. 그 순간 내가 기침이라도 한다면 시계는 물론이고 그 조그만 가게가 〈아기돼지 삼형제〉 속 형님 돼지들의 집처럼 풍비박산 날 것만 같았다.

영원처럼 길었던 침묵의 시간 끝에 "자아…" 하는 소리와 함께 시계는 고쳐졌다.

미약하나마 확실하게 시곗바늘이 돌아가고 있었다. 감사하다고 인사하자 할아버지는 핀셋을 닦으며 물었다.

"이렇게 독특한 시계는 어디서 샀어요?"

"빈티지 물건 파는 곳에서 샀어요. 꽤 비쌌는데, 너무 예뻐서 사버렸죠, 뭐."

"정말 잘했어요. 뭐든지 특이한 걸 사야 해요."

예뻐서 눈 돌아갔구만, 같은 핀잔을 줄 거라고 예상했는데, 그는 활짝 웃으며 말했다.

사람들이 나를 다정히 대할 때 그 이면에 어떤 음모가 감춰져 있다고 생각하는 경향이 있다. 그래서인지 '다정하다'라는 말은 아주 까끌까끌하게 느껴지는 단어다. 마치 신기할 정도로 아무런 구김살이 없는 사람을 볼 때의 느낌과도 비슷하다. 그래서 보통은 사람들이 따뜻하거나 다정하다고 느껴지는 행동을 하면, 그저 머뭇거리며 할 말을 찾다가 '당신은 정말로 착한 사람 같다'고 해버린다. 그렇게 말하면 사람들은 당황한다. '착하다'라는 말은 어떨 때는 '바보처럼 착해 빠졌다'라는 의미로 미끄러지니까. 또 '너 정말 착한 아이구나'처럼 손윗사람이 손아랫사람에게 말하는 경우가 많기도 하고. 어쨌건, 상대가 당황할 걸 알면서도 주로 그렇게 말한다.

고장 난 시계 할아버지가 내게 '정말 잘했다'고 말했을 때, 아무런 의심 없이 다정함을 느꼈다. 아주 기묘한 일이었다. 그리고 '당신은… 참 착한 사람이군요'라는 말이 목구멍까지 올라왔다가 내려갔다. 처음 보는 할아버지에게 그렇게 말할 수는 없는 법이니까.

내가 핀잔을 들을 거라고 생각했던 까닭은 왜일까. 아마 죄책

감 때문이었을 것이다. 아름다움에 홀려 덮어놓고 시계를 샀지만, 실용성이 없는 걸 사면 사람들은 약속이라도 한 듯 '예쁜 쓰레기를 샀다'고 말하곤 하니.

'뭐든지 특이한 걸 사야 한다'는 말. 실은 별것 아닌 말이다. 그런데 나는 왜 그 말이 그렇게 듣기에 특별하고 좋았을까.

예상한 대로 수리한 시계를 갖고 다니지는 않았다. 서랍 위에 두고 무심코 열어보는 정도가 다였다. 오늘도 어엿하게 돌아가고 있군. 이내 탁! 다시 덮었다. 어쩌다 시계 겉면의 조그만 나사에 눈길이 머무를 때는 '그 할아버지, 참 착한 사람이었지…'라고 담담히 생각했다. 성냥갑처럼 작은 가게 안에서 매일같이 클래식 음악을 틀어놓고 시계를 고치는 삶이란 어떤 것일까.

할아버지가 시계를 고치는 동안 둘러봤던 시계 수리방의 풍경을 떠올렸다. 그가 누군가와 웃으며 악수하는 사진이 걸린 액자와 자그맣고 낡은 나무 책상, 그리고 그 책상 위에 놓인 아주 작아 잃어버리기 쉽게 생긴, 하지만 다행히 잃어버린 적은 없는지 손때 묻은 수리 도구들….

내가 본 시간은 고작 2년이지만, 할아버지는 왜인지 항상 거기 그렇게 있었을 것만 같았다. 나는 다 알 수 없는 막연한 세월을 조그만 가게 안에서 하루하루 보냈을 것 같았다. 어쩌면 한

20년 전부터, 아니면 100년 전부터. 수두룩한 클래식 음반들이 시디장에 한 장씩 쌓이는 시간 동안.

그때 잊고 있던 기억 하나가 생각났다. 그날은 엄마의 생일 즈음이었다. 엄마의 생일을 앞두고 받고 싶은 선물이 뭐냐고 엄마한테 물어보니, 뜬금없이 불교의 '卍(만)' 자를 금으로 하나 맞추고 싶다고 했다. 더도 말고 덜도 말고 군더더기 없는 정직한 卍으로. 장신구를 사본 경험이 별로 없던 터라 일단 금은방에 가야겠다 싶었다. 동네 어귀의 아주 작고 낡은 금은방 하나가 반짝하고 머릿속을 스쳤다. 이름은 '귀금당'. 흔한 이름이지만, '금은보석 고급시계 귀금당'이라고 간판에 튀어나온 예스러운 굴림체 글씨가 눈에 띄는 곳이었다.

그 가게는 평소에 늘 비취색 블라인드를 쳐두기에 안이 보이지 않았다. 아주 간혹 문 열 때가 있었다. 걷힌 블라인드 너머로 야트막한 쇼윈도가 보였는데, 잘 정돈된 골프장처럼 생긴 초록색 카펫이 깔려 있고, 그 위로 듬성듬성하게, 하지만 서로 완벽한 간격을 두고 금목걸이가 걸린 목걸이 마네킹이나 큐빅 반지 케이스 따위가 아름답게 진열되어 있었다. 카운터 겸 쇼케이스 안에는 금붙이 은붙이가 가득하고, 그 안쪽으로 아주 왜소하고 마른 체구의 할아버지가 고집스러운 얼굴로 TV를 보며 앉아 있었다. 가게의 벽은 할아버지의 수집품처럼 보이는 진귀하고 오래된 벽시계가 빈틈없이 빽빽하게 걸려 있는 모습이었다.

　금은방 문을 빼꼼 열고, 다짜고짜 물었다.

　"여기, 혹시 금으로 된 卍 자도 팔아요?"

　"무슨 卍 자? 어디다 쓰게요?"

　나는 성큼성큼 가게 안으로 들어갔다.

　"그, 불교에서 쓰는 卍 자 있잖아요. 이렇게 생긴… 엄마 생일 선물 할 건데, 목걸이에 달려고요."

　내가 손가락으로 허공을 찍찍 그으며 卍 자를 쓰자, 할아버지의 시선은 고양이를 낚싯대로 놀아줄 때처럼 내 손가락을 그대로 따라갔다.

　"아, 그 卍 자. 많이들 하죠. 한데 우리 가게에는 몇 개 없어요." 할아버지는 쇼케이스 안에 손을 넣어 卍 자 목걸이를 몇 개 꺼냈다. 새끼손톱만큼 작은 것도 있었고, 붓으로 쓴 듯 호방한 필체로 된 것도 있었지만 정작 엄마가 원하는 정직하게 생긴 卍 자는 보이지 않았다.

　"적당한 크기에 깔끔한 건 없나요?" 물으니 그는 "여기 있는 게 다죠, 뭐. 허허…" 하고 웃었다.

'이 중에서라도 뭐 하나 사야 하나?' 망설이고 있는데 할아버지가 입을 열었다.

"마음에 드는 거 없으면 사지 마요."

"네?"

"딱 원하는 게 있으면 그걸 사야죠. 원한다면 주문해도 되는데, 15일은 걸려요. 다른 금은방 아무 데나 가도 다 맞출 수도 있고요."

솔직히 조금 놀랐다. 그냥 卍 자니까 다 똑같다고, 다 예쁘니까 아무거나 사라고 할 줄 알았는데…. 너무 작은 금은방이고, 손님이 있는 걸 별로 본 적이 없어서 얼른 무엇이든 팔아버릴 거라고 지레짐작하고 있던 터라, '마음에 드는 거 없으면 사지 말라'는 말에 오히려 당황하고 말았다.

"네, 그럼 엄마한테 물어보고 다음에 또 올게요…. 감사합니다."

"그래요. 물어보고 생각 있으면 와요."

결국 卍 자 목걸이는 귀금당이 아닌 다른 곳에서 샀다. 취향이 확고했던 엄마가 마음에 드는 걸 직접 맞추기로 했고, 나는 그에 해당하는 금액을 송금하는 것으로 일단락되었다.

귀금당에서 있었던 일은 기억 속에서 천천히 잊혀져갔다. 가끔 그 앞을 지나갈 때면 '아직도 가게 하시는구나' 할 뿐. 그런데 휴대전화 시계를 보고 있자니 금은방에서의 대화가 머릿속에 떠올랐다. 두 가게의 기억은 전혀 다른데도 같았다. 그 가게의 주인 할아버지들은 상냥했다. 그럴 필요가 없는데도.

아무런 이유 없이 상냥한 사람들은 드물다. 그래서 나는 더욱 다정하다는 말을 부정했을까. 스쳐 지나가는 타인에게도 착할 수 있는 건, 어쩌면 뚝심에 가깝다. 누가 뭐라 그러거나 말거나, 몇 개 더 팔거나 말거나 신경 쓸 거 없이 본인의 세계가 확실해

서 남들에게도 흘러넘치는 것. 단순히 상냥하다는 말로 정의하기에는 고집스러운 삶의 태도 같은 것. 시계 수리방의, 금은방의 할아버지들은 그런 걸 가지고 있었다. 그래서 말 한 번 나눠보기 전에도 그 클래식 음악 소리에 혹은 장신구들이 툭툭 놓인 쇼윈도 앞에 발걸음이 멈춰진 걸까. 오늘도 그 자리에 그대로 있는 성냥갑 속 할아버지들을 마음 깊이 동경하고 있다.

지난겨울, 멀리서부터 자전거를 타고 오는 친구 M의 모습을 보고 있었다. 능숙하게 바람을 가르며 페달을 밟는 그녀의 흩날리는 머리카락 아래로 야무지게 목에 둘린 머플러의 끝단이 펄럭이고 있었다. 어느새 내 앞으로 와 끼익 자전거를 세우는 M의 얼굴. "그러고 보니, 항상 목에 뭘 두르고 있네?"

숨을 가삐 고르며 자전거 거치대를 탕, 내리던 그녀는 "그럼! 의외로 이거 하나 둘렀다고 되게 안심된다니까?" 하며 머플러의 이런저런 중요성에 대해 설파했다. 요는 목을 따뜻하게 하는 게 체온 유지에 큰 도움이 된다는 것. 그러곤 자기가 최근에 겪은 머플러에 관한 이야기 하나를 들려주었다.

M이 다른 친구와 함께 학교 앞 상점가를 지나가고 있었는데,

모르는 아주머니가 갑자기 M의 친구더러 "마후라를 해야지, 마후라를" 하며 목을 가리켰다는 것이다. 목덜미가 휑해 보였는지 어쨌는지, 그때는 깜짝 놀라고 어이없었지만 그 뒤로 머플러를 두를 때마다 그 말을 생각한다고.

"그러니 너도 마후라를 하도록 해, 마후라를."

M은 내 목을 가리켰다.

마후라라…. 나는 목에 뭘 두르는 걸 싫어한다. 목에 천이 닿는 순간 갑갑해서 멀미가 날 지경이다. 당연히 목 폴라도 잘 입지 않는다. 차라리 조금 춥고 말지 싶어서 한겨울에도 목에 아무것도 두르지 않은 채 썰렁하게 다니곤 한다. 하지만 그런 사람치고 서랍 안에 머플러가 꽤 있다. 세어 보면 열 장도 넘는다. 내가 산 것은 아니고, 다 엄마가 준 것들이다.

엄마는 누구보다 내 옷차림에 신경 쓰는 사람이다. 오랜만에 엄마를 만나러 갈 때면, 이미 저 멀리서부터 내가 뭘 입었는지 훑어보는 시선이 느껴지곤 한다. 첫인사는 늘 "이건 또 어디서 난 옷이니?" 그러면서 나도 모르는 새 접혀 있던 칼라를 펴주거나 먼지를 탁탁 털어준다. 신경 쓰지 말라며 툭 말해도 소용없다. 엄마는 M 못지않게 머플러를 사랑하는 사람이기도 한데, 날이 좀 쌀쌀하다 싶으면 춥지도 않냐며 내 목에 자기가 두르던 머

플러를 칭칭 감아준다. 괘, 괜찮…다니까, 그러… 머플러에 입이
막혀 말소리는 웅얼웅얼, 잘 들리지도 않는다.

　그리하여 우리 집 서랍 안에는 열 장도 넘는 머플러가 고이
들어 있다. 그걸 볼 때마다 엄마에게 나는 아직도 돌봐야 할 대
상인가 싶다. 감기 걸린다며 내 목에 스카프며 머플러를 둘러주
던 엄마는 언젠가 전화해서는 머플러를 두르고 다니지 말라고
당부했다.

　"뜬금없이, 왜?" 돌아온 대답이 어처구니가 없었다. 미국의
무용가이자 현대무용의 선구자인 이사도라 덩컨이라는 사람이
자동차 바퀴에 스카프가 말려들어 사고로 죽었다는 것이다.

　"그러니까 이제 마후라 하지 마. 알았지?"

　"이젠 또 머플러를 하지 말라고?"

　"응." 완고하게 말하는 투가, 엄마는 진심으로 내가 그렇게 죽
을 수도 있다고 믿는 눈치였다.

　이불 털다가 중심을 잃고 추락할 수 있으니 옥상에 이불을 널
지 말라거나 비 오는 날 떠내려갈 수 있으니 밖에 나가지 말라고
하는 것도 예삿일이다. 엄마 눈에는 내가 힘이라곤 하나도 없는
팔랑팔랑한 종이 인형처럼 보이는지. 어떻게든 참견할 구실이
있으면 말을 만들어서라도 그렇게 한다. 여기서 말을 만든다는

건, 진짜로 새로 말을 만든다는 뜻이다.

한번은 비니 모자만 다섯 개도 넘는 내게 "넌 너무 비니가 없어"라며 무어라 하길래 "무슨 소리? 많은데? 여기 봐봐" 하며 비니를 꺼내서 보여주었다.

"그런 두꺼운 겨울 비니 말고, 여름 비니 말이야, 여름 비니!"

엄마는 살짝 얇은 재질의 비니를 하나 골라 내 머리에 씌웠다. 비니가 다 비니지, '여름 비니'는 또 뭐지…? 싶었지만 잠자코 있었다.

요전번에는 미국 여행을 앞두고 본가에 내려갔다가, 내 낡은 반지갑을 본 엄마가 "그런 거 말고 달러 지갑이 있어야지. 너 달러 지갑이 없어, 달러 지갑이" 하며 안 쓰는 장지갑 하나를 안방에서 들고 왔다.

"이거 그냥 장지갑이잖아?" 되묻는 내게 엄마는 "저 쪼끄만 지갑에 다 구겨 넣지 말고 여기다 넣어 다녀"라며 '달러 지갑'을 내 손에 쥐여 주었다. 늘 필요 없다고 손사래를 쳐도 기어이 원하는 만큼 나를 돌봐야만 만족하는 그녀. 결국 미국 여행에 여름 비니와 달러 지갑이 동행하게 되었다.

마후라도 함께 챙겼다. 출국 전날 여행 가방을 싸는데, 공교롭게 '마후라 예찬자' M이 놀러 와 이것저것 거들며 짐 싸는 걸 도와주었다(이쯤 되면, 비단 엄마의 문제는 아니고 내가 좀 챙겨주지 않곤 못 배기는 스타일인 것 같기도 하다).

"더 가지고 갈 거 없나?" 머리만 벅벅 긁던 내게 M이 화들짝 놀란 투로 말했다. "너! 마후라는 챙겼어? 마후라를 챙겨야지, 마후라를." 미국은 지금 덥다던데…. 마지못해 서랍 속에서 잠자고 있던 스카프 하나를 꺼냈다. "혹시 모른다? 이게 또 유용하게 쓰일지…." M은 가방 안에 스카프를 돌돌 말아 넣고 야무지게 지퍼를 닫았다.

살짝 민망한 일이긴 한데, 미국에서 그 세 가지 아이템 모두 유용하게 잘 썼다. 한여름 날씨처럼 엄청 더울 거라 예상했던 미국 남부는 태양은 눈부셨지만 오히려 선선한 초가을 날씨에 가까웠고, 아침저녁으로 제법 쌀쌀한 편이라 여름 비니가 여러모로 딱이었다. 달러 지갑은 여권을 안에 끼워 넣어 다니기 좋아서 여행 다니는 동안 가게나 전시장에서 신분증을 보여줘야 할 때 바로 꺼낼 수 있어 편했다. 마지막으로 마후라. 내가 간 지역은 사막 지대가 많아 어딜 가나 공기가 건조한 편이어서 목이 쉬이 갈라지고 따끔따끔했는데, M이 챙겨준 스카프를 목에 두르니 신기하게도 통증이 조금 가라앉았다.

'거봐, 엄마 말 잘 들으면 자다가도 떡이 생긴다니까.' 아마 엄마나 M이 내 이야기를 들었다면 이렇게 말했을 것이다. 나는 나대로 고집 있는 인간이라 앞으로도 그들 말을 순순히 따를 것 같지는 않지만. 걸스카우트처럼 스카프를 쫑! 매고 거울 앞에 서면, 내 모습이 조금 더 귀여워 보였다. 이래서 M이 매일 마후라를 하나? 거울 앞에서 이리저리 돌아보다 문밖으로 나섰다.

자전거를 타면 갑자기 바람이 훅 끼쳐 들어와 기침이 날 때가 있다. 콜록콜록 사레들린 듯 기침하다가도 목에 두른 스카프를 매만지면 조금씩 괜찮아진다. 얇디얇은 무명천이 비벼지면서 최초의 불처럼 따뜻해진다. 이윽고 페달을 밟으며 스카프를 길게 하늘로 휘날렸다. 불현듯 머릿속에 이사도라 덩컨이 스쳐 지나가긴 했는데… 주변의 눈치를 보다가 스카프가 날아가지 않게 더 짧고 단단하게 묶었다. 쳇, 자존심 상하네. 엄마한테는 비밀이다.

마후라를 매라

친구가 일본 음식을 만들어줄 테니 집에 놀러 오라고 해서 간 적이 있다. 그 친구의 이름은 '사리'로, 워킹 홀리데이를 하러 한국에 온 일본 친구다. 사리는 항상 음식을 만들고 나면 위에다 분홍색 명란처럼 생긴 가루를 솔솔 뿌렸다. 그게 뭔지 지금도 모른다. 아마도 '체리블로섬'이라고 했던 것 같은데. 혀가 얼얼하게 달았다는 것밖에 기억나지 않는다. 실은 그게 정말 체리블로섬이라는 이름이었는지도 확실하지는 않다.

사리가 차려준 맛있는 식사를 끝내고, 그녀가 끓여준 차를 마시고 있을 때였다. 냉장고 안의 식재료가 상했다는 이야기인지, 냉장고가 고장 나면 안 된다는 이야기인지 사리와 친구들이 뭐라고 떠들고 있었다. 그러다 사리가 뜬금없이 말했다.

"아! 나 냉장고 너무 좋아하는데… 냉장고가 되고 싶다…"

"냉장고가 되고 싶다고?" 사리는 한국말이 서툴기에 그녀가 의도한 바와 다르게 말할 때가 있어서 다시 한 번 물었다. 그러자 그렇다고, 정말로 냉장고가 되고 싶다고 했다. 냉장고는 커서 껴안기에 좋고, 시원하다고. 지난밤에도 두 팔 벌려 냉장고를 꼭 안고 있었다는 사리의 말에, "냉장고가 되면 썩은 음식들도 다 속에 담고 있어야 하는데?"라고 반문했다. 그래도 좋다고, 사리는 냉장고의 윙윙 소리를 입으로 따라 내며 양팔을 네모지게 들어 냉장고 흉내를 냈다.

'나무늘보가 되고 싶다'거나 '새가 되고 싶다'는 말은 일상에 지친 현대인들이 자주 뱉는 말이지만, '냉장고가 되고 싶다'는 말은 생전 처음 들어보는 말이었다. 사리의 말을 듣고 호기심이 일어 사리네 집 냉장고를 안아보았다. 냉매로 인하여 차갑게도, 또 기계의 열 때문에 따뜻하게도 느껴졌다. 냉장고 모서리 부분이 딱딱해서 아프겠다고 생각했는데, 껍질이 우둘투둘한 커다란 고목을 안은 듯했다.

'생각보다 편안한데…?'

사리가 왜 냉장고가 되고 싶다고 했는지 어렴풋이 알 것 같았다. 나는 헤어지거나 인사할 때 대뜸 포옹을 청하는 사람이 아니어서 누군가가 먼저 청해야만 주춤주춤 안기곤 했다. 그래서일까. 무언가를 안아본 기억이 아득해서 묘한 기분이 들었다.

그때 책 한 권이 떠올랐다. 김범이라는 미술 작가의 《변신술》이라는 책이었다. 이 책은 인간이 나무, 바위, 사다리, 에어컨 따위의 인간 외적 존재나 무기물이 되는 방법에 대한 실질적인 가이드북이라 할 수 있다. 1장 〈나무가 되는 법〉을 발췌하면, 다음과 같다.

신체를 단련하여 전신이 근육질이 되게끔 한다. 마당, 산, 평야 등 어느 곳이나 흙이 있고 양지바른 곳을 찾아 자리를 정한다. (…) 발을 흙에 묻고 팔을 쳐들어 일정한 자세를 취하되 그 자세는 자신의 성격, 평소 생활 자세 등을 반영하는 것이 좋다. (…) 그 자세로 움직이지 않고 눈을 감은 채 어떠한 말도 생각도 하지 않는다. 사전에 남에게 발치에 물을 부어 달라고 부탁하지 않되, 누군가 발치에 물을 부어주면 막연히 행복해한다. (…)

　　　　　　　　　　　　　　　— 김범, 〈나무가 되는 법〉, 《변신술》 중

냉장고가 되고 싶은 사리처럼, 아무리 노력해도 사람이 될 수 없는 것이 될 수 있다면, 나는 크리스마스트리가 되고 싶다.

대부분의 사람들은 크리스마스가 가까워지면 이런 기대를 할 것이다. 형형색색으로 빛나는 가게들 사이에서 캐롤이 울려 퍼지거나 로맨틱 코미디 영화 같은 상황이 벌어지기를. 하지만 나는 크리스마스트리 전구에 불이 들어오기만을 기다렸다. 반짝반짝 빛나는 크리스마스트리를 하염없이 바라보며 '저 안쪽에서 보는 세상은 어떨까?' 늘 궁금했다. 빽빽하게 플라스틱으로 재현된 침엽수 가지가 뒤덮고 있으니 아주아주 커다란 트리라도 안에 들어갈 수는 없어 보였기 때문이다.

만일 내가 트리 속 나무 기둥이 되어 밖을 내다볼 수 있다면 세상은 안경을 벗고 본 도시의 야경 같을 것이다. 뿌옇고, 어른어른한 빛의 형체만 보이는. 이런 말은 너무 감상적으로 들릴까 봐 아무에게도 해본 적은 없다.

그래도 매년 크리스마스를 기념하려고 나름대로 노력한다. 지난해에는 홀리데이 시리즈의 일환으로 눈사람 인형을 만들기도 했다. 그의 이름은 '뽀실뽀실 눈사람'. 소개하는 글로는 이렇게 적었다.

"함박눈을 맞은 하얀 눈사람. 겨울이 지나도 녹지 않을게."

평소에 작품 사진을 찍을 때는 작업실에 조명을 켜두고 직접 찍었는데, 마침 사리가 포토그래퍼이기도 해서 뽀실뽀실 눈사람 사진만은 그녀에게 부탁했다.

흔쾌히 작업실에 방문한 사리는 내 눈사람을 찰칵찰칵 찍으며 귀여움에 비명을 질렀다. "오늘부터 이 눈사람이 내 이상형이야. 누가 이상형이 누구냐고 물으면 이 눈사람을 보여줘야겠어!"

내 눈사람은, 까맣고 작은 콩알 눈에 은은하게 미소를 짓고 있다. 정말로 함박눈을 맞아서 털이 뭉친 듯 하얗고 뽀득뽀득해 보이기도 한다. 그 눈사람이 이상형이라는 말에, 냉장고가 되고 싶다는 말을 들었을 때처럼, 파핫! 웃고 말았다.

그날 촬영한 사진을 편집하러 다시 사리의 집에 갔다. 쉴 새 없이 사진을 보정하는 사리와 다시금 눈사람의 귀여움에 감탄했다. 사리가 혹시 뉴욕 현대미술관에 전시되기도 했던 〈snowman〉이라는 작품을 아냐고 물었다. 내 눈사람을 보니 그게 생각난다며. 처음에는 기억이 안 나 모른다고 대답했지만, 사리가 그 작품이 너무나도 좋아 샀다던 도록을 꺼내들자마자 "아, 나 알아!" 외쳤다. 대학교 수업 시간에 현대미술 작가들의 자료를 정리하다가 그 작품을 보았던 기억이

번쩍 떠올랐다. 성에가 잔뜩 껴 마치 땅에서 출토된 듯한, 간신히 알아볼 미소를 짓고 있는 눈사람. 눈덩이 세 개로 이뤄진 눈사람은 섬세하고 특별한 냉각 시스템을 갖춘 냉장고 안에 들어 있어서 사시사철 녹지 않는다고 했다.

어릴 적 눈이 오던 날, 눈사람을 조그맣게 만들어 냉동고에 넣어둔 적이 있다. 애써 만든 눈사람이 녹아 없어지는 게 싫어 고안한 내 나름의 해결책이었다. 갖다 버리라는 엄마의 말을 무시한 채 꿋꿋이 냉동고에 넣었는데, 그 눈사람이 어떻게 되었는지 도통 기억이 나지 않는다. 아마도 엄마가 버렸거나, 혹은 버렸는데도 신경 안 썼을 만큼 흥미가 떨어졌거나 둘 중 하나일 테지. 그래서인지, 〈snowman〉을 봤을 때 아련한 향수를 느꼈다. '눈사람을 영원히 보존하고 싶다'는 유년 시절의 치기 어린 소망을 〈snowman〉의 작가는 자본과 기술력을 동원해 진짜로 구현해낸 것이다.

지금 보니, 〈snowman〉은 냉장고 안에 눈사람이 있으니, 사리의 장래 희망 안에 이상형이 들어 있는 구조다. 그러니 그녀가 좋아했을 만하다. 명란과 버터를 좋아하는 사람이 명란 버터를 사랑할 수밖에 없듯이. 할머니가 될 때까지 한국에 있을 것만 같던 사리는 얼마 전 워킹 홀리데이를 마치고 일본으로 돌아갔다.

사리가 출국하기 전날, 그녀에게 작업실에 있던 뽀실뽀실 눈사람을 선물했다. 처음 보기라도 한 듯 다시 귀여움의 탄성을 지르는 사리. "정말로 가져도 돼요?"라기에, 무척이나 귀엽게 사진으로 남겨주었으니 물론 가져도 된다고 했다. 그리고 다음에 한국에 오면 내 인형들의 사진을 또 부탁한다는 말도 잊지 않았다.

사실, 그 눈사람이 일본에 있는 사리의 방 책상 위에 영원히 녹지 않고 앉아 있기를, 사리가 그 눈사람을 보며 나를 기억해주기를 바라는 마음도 있었다. 하지만 그런 말은, 크리스마스트리가 되고 싶은 내 소망처럼 창피해 말하지 않았다. 그리고 어이없게도, 모두가 볼 수 있는 여기에 쓰고 있다.

사리는 냉장고가 되고 싶다는 말 외에도 '나는 코끼리 같은 여자다'라든지 '나는 나비' 같은 말을 해댔는데, 그때마다 깔깔 웃을 뿐 구태여 물어본 적은 없다. 아직도 왜인지는 모른다. 모든 게 사리가 음식 위에 뿌렸던 분홍색 가루처럼 미스터리다. 그렇지만 그 이유 없는 뻔뻔함이 좋다. 쨍쨍한 여름날 눈사람이 든 냉장고처럼. 그냥 거기에 그렇게 있다니 수긍할 수밖에. 그리고 귀여우니 끄덕일 수밖에. 나 못지않게 크리스마스를 좋아하는 사리 덕에 크리스마스 때마다 사리가 생각날 것 같다… 이렇게 적으니 사는 동안 영영 못 만날 사이라도 된 것 같지만, 실은 다음 달에 일본 여행을 가므로 또 언제 그랬냐는 듯 도쿄에서 다시 정답게 만날 예정이다. 할머니가 될 때까지 그렇게 쭉 그녀의 천연덕스러운 선언을 들으러 갈 거다.

망했어도 티만 안 나면 오케이

고등학교 졸업식 날, 저마다의 합격과 불합격 소식으로 상기된 얼굴을 하고 교실에 모여 앉은 반 아이들을 앞에 두고 담임선생님은 스무 살 때 자기 이야기를 들려주고 싶다고 했다.

걸핏하면 엄하게 혼을 내던 선생님이셨기에 무슨 이야기를 하시려는 건지 벌써부터 긴장한 우리였지만, 그의 입에서 흘러나온 건 아주 의외의 이야기였다. 자신의 청춘을 회상하며 아련함을 느꼈기 때문인지, 대학 입시에 있어 담임으로서의 소임을 다했다는 홀가분함 때문인지 몰라도 그의 얼굴에는 빙그레한 미소가 어려 있었다.

선생님의 이야기는 이러했다. 대학교에 막 입학한 그는 제 손으로 돈을 벌어보자는 야심에 찬 마음으로 건설 현장 용역 아르바이트를 했다고 한다. 몇 날 며칠을 육체노동을 한 값으로 당시 칠십만 원 정도를 벌었는데, 길에서 흘렸는지 그 돈을 몽땅 잃어버렸다는 이야기였다. 그런데 선생님은 슬프거나 화가 나기는커녕 자신의 손으로 저지른 큰 실수를 스스로 감당할 수 있음에 비로소 어른이 되었다고 느꼈고, 오히려 기분이 좋았다고 했다. 그는 말미에 이렇게 덧붙였다.

"여러분도 앞으로의 인생에 수많은 선택과 실패의 순간이 있을 테지만, 스스로 책임질 수만 있다면 아무 상관없습니다."

이 선생님, 미친 사람인가? 그 이야기를 다 듣고 난 후 처음 느낀 감상은 황당함이었다. 그냥 돈 잃어버린 이야기에 이상하게 의미 부여하는 거 아닌가? 하지만 자식의 졸업을 축하하는 부모님들, 친구와 헤어질 것에 슬퍼하며 울고 있는 친구들, 오고 가는 무수한 꽃다발들 사이에서 선생님의 충격 발언은 유야무야 흩어졌다. 늘 심각한 교육자이던 선생님께서 왜 하필 졸업식 날, 자신의 어이없는 큰 실수를 우리에게 말해주셨던 걸까?

어렴풋이 이해해도 속 시원히 알 수 없던 그날 선생님의 발언은 대학교 1학년 1학기 성적표를 받았을 때 불현듯 진리를 깨우친 사람처럼 이해할 수 있게 되었다.

여느 젊은이들처럼 나 또한 해방된 스무 살의 방탕함을 즐기는 데에 첫 학기를 다 썼다. 강의실 대신 동아리 방에서 시간을 때웠고, 언제든지 음주가무를 즐기며 놀았다. 그러니 성적표가 낙제로 가득하게 된 것은 당연한 수순이었다.

처음으로 맞은 대학교 여름 방학, 선풍기 바람을 쐬며 누워 있다가 그 부끄러운 성적표가 팔랑대는 모습을 보곤 깔깔 웃어버렸다. 이상하게도 웃음이 났다.

열아홉 살까지의 나는 심각한 청소년이었다. 시험과 공부에 허덕이며 내가 정해놓은 기준을 맞추려고 안간힘을 썼다. 그러지 않으면 안 될 것 같았다. 그 자체가 내 존재를 증명하는 방식인 양 느껴졌기 때문이었다. 수행평가에서 만점을 받지 않으면 교실 한구석으로 가 눈물을 훔치기도 하고, '대학에 가지 않으면 미래는 없다' 같은 무시무시한 글귀를 책상 앞에 붙여두기도 했다. 그날 계획한 만큼의 공부를 다 해내지 못하면 자괴감에 가슴을 퍽퍽 치곤 했다. 열심히 해도 될까 말까 한데, 아직도 노력이 부족한 것 같아 조급한 마음이 들었다. 그러던 내가 인생에서 처음으로 물게 된 인생의 '깻값', 학사 경고를 받아 다음 학기 장학금을 받을 수 없으므로 등록금 이백오십만 원 정도를 빚지게 된 것이다. 이십만 원으로 한 달을 살던 스무 살의 나로서는 초현실적인 액수였다. 여러모로 절망적인 상황이었지만, 그 순간 고등학교 담임선생님이 떠올랐다.

선생님이 그 돈을 잃어버렸을 때, 이런 기분이었을까? 돌이킬 수 없는 실수를 한 것에 대한 현실 부정인지, 혹은 그때의 선생님처럼 제 손으로 책임져야 할 최초의 실수를 저질렀다는 희열 때문인지 정확하게 분간할 순 없었지만, 그 초라하고 부끄러운 성적표가 너무나도 웃긴 것은 명백했으므로 일단 크게 웃어버리고 말았다.

그 후로도 크고 작은 고통을 마주할 때마다 미친 사람처럼 웃곤 한다. 이미 팔다리가 너덜너덜할 때까지 운동했는데도 트레이너 선생님이 "백 개 더!"라고 외치면, 절망감이 느껴지는 한

편 너털웃음이 나와버린다. 그뿐인가? 병원에서 주사 맞는 순간에 나도 모르게 피식피식 웃음이 새어 나오는 바람에 두려운 눈초리로 간호사가 쳐다볼 때도 있다. 길에서 우당탕 넘어져도 잠깐은 그대로 주저앉아서 지금의 얼빠진 상황에 대해 '지금 이 꼴 좀 보래요…' 하며 나 홀로 눈물 나게 웃다가 일어난다. 그런 빈틈이 살면서 가장 숨통이 트이는 부분이 된다.

안타까운 사연으로 내 앞에서 훌쩍훌쩍 우는 친구를 보면, 진심을 다해 웃겨주고 싶어진다. 시시하기 짝이 없는 농담을 형편없는 투수처럼 되는대로 던져대고 싶다. 그러다 어이없어 웃는 친구에게 "울다가 웃으면 엉덩이에 털 난대" 하고 짐짓 진지한 얼굴로 마지막 짜증을 선사해주고 싶다.

이미 벌어진 일은 벌어진 일이고, 그 깻값을 갚을 일만 남았다면 잠깐 웃고 지나가는 것도 나쁘지 않은 것 같다. 한바탕 웃음으로 페이드아웃하며 끝나는 영화 장면처럼 말이다.

친구의 친구를 소개받거나, 작가 모임 또는 전시장에서 친해지고 싶은 사람을 만났을 때, '아무리 그래도 저 사람과 친구는 될 수 없겠지'라고 항상 생각했다. 그 사람이 다가가기 힘든 타입이거나 나와 너무 다른 사람이어서가 아니다. 설명하기에 복잡한 나의 습성 탓이다.

　중·고등학교 내내 친구가 없지는 않았지만, 지금껏 연락하는 친구는 거의 없다시피 하다. 대학교 시절의 친구도 마찬가지다. 환경이 바뀌어 자연스레 멀어질 수밖에 없었다고 받아들이면서도 가슴에는 알게 모르게 생채기가 남았다. 언젠가부터 누군가와 친해지고 싶은 마음이 들면 가슴속에 있는 브레이크가 번번이 제동을 건다. 상처받을지도 몰라. 조금만 물러서.

그럼에도 늘 친구가 있었으면 했다. 혹여 이빨이 빠진다면 베개 밑에 이빨을 넣고 이빨 요정에게 '친구를 갖게 해 달라'고 소원을 빌고 싶을 만큼.

내게 있었으면 싶은 친구는 뚜렷한 목적 없이 "뭐 해?"라고 물을 수 있는 친구다. 남들에게는 쉬워 보일지 몰라도 소심한 나한테는 어려운 일이다.

언젠가, 어린 시절에 외국 생활을 했었다는 과 동기에게 "외국에 있었다니, 부럽다. 그땐 어땠어?"라고 물었다가 "궁금하지도 않으면서 물어보지 말아줄래?"라는 대답을 들었다. 그 후로 사람들을 대할 때마다 그때의 당혹스러웠던 기분이 떠오른다. 그러니 "뭐 해?"라는 질문은, 게임에서 NPC에게 친밀도를 높여 비밀상점을 여는 것처럼 아주 특별한 사이가 되어야만 물을 수 있는 질문이라고 여기게 되었다.

인생은 결국 혼자 사는 것이라고 하는데, 다들 말로는 그래도 속으로는 절절히 외로워하고 있지 않은가. 나는 정말 그렇다. 특히나 혼자서 인형을 만들다가 이게 좋은지 별로인지 물어볼 사람이 필요한데, 회사나 학교 같은 소속이 있지 않은 한 사회에서 조언을 얻기란 쉽지 않다. 그렇다고 사람들에게 찾아가 만화〈원피스〉속 해적단 단원들을 구하던 '루피'처럼 "너, 내 동료가 돼라"고 말할 수도 없는 노릇이고⋯. 오랫동안 스스로를 산골짜기의 외딴 암자에서 수련하는 사람과 다를 바 없다고 생각했다. 이런 나를 두고 누군가는 사람을 만나고 싶으면 문밖으로 나와야 한다고 말할 수도 있다. 그러나 한 번 깊숙이 떨어져본 사람은 알 것이다. 용기를 내기보다 체념하기가 더 쉽다는 걸.

재미있는 점은, 지금 내 주변을 둘러보면 앞에 늘어놓은 말이 무색할 정도로 친구와 동료가 많이 생겼다는 사실이다. 돌연 루피처럼 살아보겠다고 마음먹어서가 아니다. 힘을 내어 용기 있게 행동하기에는 쌓아 올린 근력이 없었다. 웨이트트레이닝을 처음 하는 사람이 갑자기 30킬로그램짜리 바벨을 들 수는 없듯, 소심한 사람이 갑자기 용감무쌍해지기란 해가 서쪽에서 뜰 일. 바꾸려 한 점이 있다면 누군가에게 다가갈 때 최대한 힘을 풀어보기로 한 것이다.

그동안에는 스스로를 경직되게 하는 생각에 온통 사로잡혀 있었다. '친구가 왜 없을까? 친구를 갖고 싶어⋯. 하지만 급해서는 안 되지⋯. 공을 들여 신중히 사귀어야 해. 지금은 마음의 준비가 덜된 것 같아⋯.' 이런 생각이 모든 만남의 가능성을 가로막고 있음을 깨닫곤, 미리부터 이별을 상상하거나, 좋은 관계를 지속할 수 있을지 걱정하지 않고 일단 사람들을 가볍게 대하기로 했다.

로또에 당첨되고 말겠다는 마음으로 로또를 삼십 장씩 사면, 대개 돈만 잃고 실망에 잠긴다. 무심코 길을 걷다 로또 판매점이 있으면 '로또나 한번 사볼까?' 하고 자동으로 한 장 사는 정도면 된다. 되면 너무나 좋고, 안 돼도 크게 실망하지 않고. 그렇게 생각하니 조금 쉬웠다.

"오늘 즐거웠어요. 다음에 맥주 한잔해요", "팬이에요. 항상 작업 재미있게 보았어요"처럼 담백하고 간단한 표현이면 충분했다. 친구를 만드는 건 5분 면접이 아니니까 단시간에 매력 발산을 해서 상대방을 휘어잡을 필요가 전혀 없다. 그렇게 몇 번의 힘 풀기 연습이 끝난 뒤에는 가볍지만 진심으로, "저랑 나중에 전시 한번 하실래요?"까지 말할 수 있게 되었다.

그런 식으로 작년 봄에는 동료 작가인 최진영 작가님과 2인전을 하기도 했다. 전시 제목은 '꼬깃꼬깃 러브장'. 작가님이 나비 인형을 만들면 나도 그걸 보고 내 스타일대로 나비를 만든다든지, 공통 주제 몇 개를 정해 서로 다르게 표현해본다든지, 함께 원단이나 재료를 사러 가서 그걸로 각자 인형을 만든다든지… 서로 교환일기를 쓰듯이 어찌어찌. 그러면서도 부지런히 인형을 만들었다. 우리의 풋풋한 교환일기 같았던 전시는 많은 사람이 찾아줬고, 성공리에 막을 내렸다.

그런데 전시 제목이 왜 '꼬깃꼬깃 교환일기'가 아니라 '꼬깃꼬깃 러브장'이냐 하면, 사랑을 가득 담아 만들었으니 예쁘게 봐주십사… 사실, 깊이 생각하고 지은 제목은 아니라, 설정상의 작은 오류로 보고 넘어가자.

진영 작가님은 내가 새롭게 만든 인형을 SNS에 올리는 족족 늘 "팬이에요", "천재 띠로리!" 등 짤막한 댓글을 남겨준다. 응원의 댓글을 볼 때마다 '나, 잘하고 있구나' 하고 가슴 깊이 안도한다.

작품 활동에 있어서는 응원의 말도 도움이 되지만, 가끔은 쓰디쓴 조언도 필요하다. 언제는 이런 적이 있었다. 인형 만들기보다는 여러모로 부담이 적어 스티커 만들기에 한창 몰두했던 시절. 당시 그리고 있던 스티커 도안을 친구에게 보여주며 "어때?"라고 묻자, 친구는 "좋네. 근데, 인형은 안 만들어?"라고 물었다. 그의 말에 나는 스티커 만들기의 장점에 대한 최근의 깨달음을 늘어놓았다. 처음부터 끝까지 손수 제작해야 하는 인형과 달리 스티커는 디자인만 해두면 그다음부터는 인쇄소에 맡기면 그만이고, 구매자 입장에서 인형보다 가격 부담도 덜하니 판매도 더 잘 된다고. 앞으로는 스티커 쪽에 더 힘을 쏟아야겠다고. 친구는 내 말을 한참이나 생각하는 듯하다 입을 떼었다.

"쿠엔틴 타란티노가 원래 〈바스터즈〉를 드라마로 만들려고 했던 거 알아? 〈바스터즈〉 각본을 처음 쓰고선, 재미는 있지만 한 편의 영화로 만들려면 너무 길고 복잡해서 드라마 각본으로 고쳤다고 해. '아, 이건 드라마로 가야겠다'면서. 그러고서 그걸 뤽 베송한테 보여줬는데, 뤽 베송이 '당신의 영화를 오매불망 기다렸는데, 드라마라니 이게 웬 개소리야. 실망이다, 진짜'라고 했대. 이 말을 듣고 타란티노가 '아차!' 싶었는지, 곧장 영화 각본으로 다시 뜯어고쳤대. 실은… 나도 그런 마음이야. 나는 네 인형이 좀 더 보고 싶어. 네 인형을 오매불망 기다리고 있어."

이게 웬 개소린가 싶었지만 그의 말은 일리가 있었다. 스티커를 좋아하고, 또 잘 판매하고 있어도 기본적으로 내가 제일 잘하고 싶은 건 인형이니까. 나 역시 야마하의 음향기기에 관심이 가지, 그들이 만드는 욕실용품은 딱히 궁금하지 않다(이게 무슨 뚱딴지같은 소리냐 하면, 야마하는 음향기기 말고도 프로펠러, 오토바이, 제트스키, 반도체, 욕실용품까지 만드는 문어발식 확장경영을 하고 있다). 친구는 세일즈를 해본 적은 없기에 내 구체적인 사정까지는 몰랐겠지만, 그 순수한 훈계가 내게는 더없이 필요한 말이었다.

주변 동료와 친구들에게 따뜻한 응원과 따끔한 조언을 들으며 무럭무럭 자라고 있다. 마냥 도움만 받고 있는 건 아니다. 내가 뭐라고 사람들에게 조언해주기도 하고 진심 어린 찬사를 보내기도 한다.

자기 작업이 별로라며 자신 없어 하는 동료가 있으면, 가수 아이유가 콘서트에서 "요즘 저 살쪘어요"라고 말하자 "뭐가 살쪄!"라고 외치던 팬처럼 호통치곤 한다. 뭐가 별로야! 그럴 때는 입발림으로 하는 말이 아니라 진심으로 별로가 아닐 때가 많다. 별로라는 말에 순간 울화가 터질 만큼 내 동료들은 훌륭하다. 내가 아는 만큼 그들이 알았으면 좋겠다. 또 내가 좋아하는 만큼 그들이 자기를 좋아해줬으면 좋겠다.

그래서 내가 '교우 관계의 달인'이 되었느냐 하면 그렇지는 않다. 나는 여전히 소심하고, 생각이 많은 편이다. 그래도 사람들 사이의 관계에서 힘을 푸는 방법을 확실히 알게 되었다. 이를테면 숨쉬기 운동을 하듯이. 운동을 자주 하지 않는 사람에게는 숨쉬기 운동도 어렵다. 간단해 보여도 폐 깊숙이 숨을 들이마셨다가 다시 천천히 한 모금씩 내뱉는 동작을 처음에는 조절하기 어렵다. 속이 답답하고 마음이 급해 한껏 숨을 뱉어버리기

일쑤니까.

호흡법은 모든 운동의 기본이니, 나는 무엇이든 시작할 준비를 마친 셈이다. 누가 나를 떠나가든 다가오든, 아주 쉽지는 않지만 크게 어렵지도 않다.

뭐니뭐니해도 제일 좋은 건 이제는 "뭐 해?"라고 먼저 묻는 일이 두렵지 않다는 것. 내 작은 텃밭에 있는 친구들에게 물을 주며, "뭐 해? 무럭무럭 자라고 있니?" 하고 종알종알 떠들고 싶다. 그게 내가 바라는 전부다.

주변에 타투를 한 친구들이 많다. 대학교 때 미술을 전공했으니 자연스레 타투이스트가 된 친구도 왕왕 있어서 서로 포트폴리오가 되어주기도 하고, 또 타 전공 학생들보다야 외적인 부분에 있어서 인식이 자유로운 편이라 타투 자체에 거부감이 없어 몸에 이것저것 새긴 케이스가 많다.

　나도 하나 새길까 싶었는데, 놀랍게도(?) 첫 타투는 작년 여름에야 겨우 하나 받았다. 은근히 싫증을 잘 내는 성격이라서, 다른 사람들은 노트북이나 다이어리 표지에 스티커를 다닥다닥 붙여서 꾸미는데, 나는 그러면 금세 질려 쳐다도 보기 싫어졌다. 물건도 그러한데 하물며 내 몸이야. 평생 몸에 새겨져 있을 그 그림이 질리지 않을 자신이 없었다.

그럼에도 타투 하나를 새긴 건 타투이스트인 H 언니 덕분이었다. 언니의 몸에는 빈 공간을 찾기가 힘들 정도로 온몸이 타투로 가득하다. 그녀 스스로 새긴 것도 있고, 다른 사람에게 받은 것도 있다. 언젠가 물끄러미 그녀의 팔뚝을 바라보던 중이었다.

"언니, 타투 처음 할 때 후회될까 봐 무섭지 않았어요?"

"물론 무서웠지! 이렇게 팔 흔들어도 떨어지지 않고, 샤워해도 씻기지 않으니까. 처음엔 내가 무슨 짓을 저질렀나 싶었어. 근데 지금 보면 그때는 이런 생각을 했구나, 이걸 새기고 싶었구나… 하는 정도? 딱히 후회되진 않아."

언니는 밤하늘을 수놓은 별자리와 같은 타투 하나하나를 궤적을 그리듯 손가락으로 짚었다.

나는 사람들이 〈프리즌 브레이크〉 속 '스코필드'에 버금가는 중대한 결심으로 타투를 하는 줄로만 알았다. 누명을 쓰고 수감된 형을 구하기 위해 등짝에 감옥 탈출 지도를 아로새기는 마음으로, 영원히 잊지 않을 것만을 새겨야 하는 거라고. 그런데 언니 말을 듣고 보니 꽤 해볼 만하겠다 싶었다. 그러다 지난해, 타투이스트의 길을 걷기 시작한 친구에게 처음으로 타투를 받았다. 원래 친구는 판화 작업을 했는데, 일전에 그녀가 작업한 판화 한 점이 인상에 남아 그걸 새겨 달라고 부탁했다. 척추와 다리 뼈 등이 가지런히 그려진 그림이었다. 왜 그런 그림을 그렸는지, 무슨 의미가 있는지는 묻지 않고 타투 베드에 누웠다.

호기롭게 고통을 잘 참는 편이라며 누웠으나, 가히 화타에게 마취 없이 뼈를 가르는 수술을 받던 관우의 심정이 되어 친구가 바늘을 찌를 때마다 아프다며 엄살을 피웠다. 눈물을 훔치곤 거울 앞에 서서 내 팔을 보고 흡족하게 웃었다. 첫 타투치곤 꽤 과감한, 손바닥만 한 크기의 타투. 그렇게 큰 뼈 그림이 팔에 새겨져 있으니 〈매드 맥스〉의 '퓨리오사'나 아마조네스 여전사가 된 것 같았다.

엄마한테 비밀로 하려고 했는데, 졸려서 기지개를 켜다가 타투를 딱 들키고 말았다. "그건 대체 무슨 그림이니?" 엄마가 묻는데, 의기소침하게 "뼈…"라고 말할 수밖에 없었다. 나도 그 정도밖엔 모르니까. 없는 말을 지어낼 수도 없는 노릇이고. "뭐? 무슨 뼈인데? 동물? 사람?"

질문 세례를 퍼붓는 엄마에게 달리 대답할 말이 없어서 도망치기 바빴다.

"의미도 없는 걸 왜 했어?" 엄마는 당최 이해가 안 간다는 얼굴이었다.

"그냥…"

설명하기 시작하면 끝이 없으니 얼버무렸지만, 내 마음은 이러했다.

의미 있는 걸 새겼다가 그 의미가 언젠가 내게 의미 없어지면, 모든 게 의미가 없어지니 처음부터 의미 없는 걸로 해본 거라고. 게다가 '내게 의미 있는 게 뭔가?' 생각하면 유달리 떠오르는 것도 없었다. 보통 사람들은 '메멘토 모리Memento mori'나 '범사에 감사하라' 같은 문장을 새기는 것 같았는데, 그런 말은 '레몬 한 개에는 레몬 한 개 분량의 비타민이 들어 있다'와 같은 당연한 말로만 여겨졌으니까.

의미란 물론 중요하다. 인간으로 태어난 이상 다들 존재의 이유나 삶의 의미를 찾으려고 노력하고, 자기가 진짜로 원하는 방향을 향해 나아가고 싶어 한다. 하지만 의미 있는 것만 의미 있는 세상은 교훈으로만 가득한 지루한 수업 시간과 비슷하지 않을까. 인간사에 있어 선언문은 사람들에게 뜻 깊은 경종을 울리기도 하지만, 그렇다고 매일같이 선언이 발표된다면 더 이상 선언이 아니라 양치기 소년의 시시한 거짓말로 치부될 것이다.

　일상적으로 대화할 때도 마찬가지다. 종일 중요하고 의미 있는 말만 할 수는 없다. 나는 적극적으로 그 반대를 지지하는 쪽이라, 친구들과 얘기할 때 헛소리의 비중이 팔 할은 된다. 주로 '펀 팩트 fun fact '와 '구름 대화'로 점철되어 있다.

　펀 팩트란 말 그대로 흥미로운 사실이다. 마트에 가면, 신선 야채 코너에서 콜리플라워를 가리키며 동행한 친구에게 이렇게 늘어놓는다. "콜리플라워가 대표적인 프랙털 구조인 걸 알고 있어? 작은 구조가 전체 구조와 비슷한 형태로 반복되는 재귀적 형태인데, 브로콜리나 고사리도 여기에 속한다고 볼 수 있지. 어떤 면에서 마트료시카와 비슷하기도 한데…." 그렇게 친구들이 귀를 틀어막을 때까지 떠든다.

　'구름 대화'는 친구가 만든 말로, '진정한 사랑이 뭐라고 생각해?' 같은 뚜렷한 답이 없는 모호한 질문에 생각나는 대로 지껄이는 것을 뜻한다. 이런 종류의 대화는 보통 그 순간에만 말풍선처럼 이어지다가 바로 휘발되어 없어진다. 이상하게도 나는 이런 종류의 대화를 할 때 가장 즐겁다.

　오고 가는 말에서 모든 게 주어라면 조금은 피곤하지 않을까.

사실상 문장으로 성립될 수도 없다. 형용사도 있고, 부사도 있어야 말이 되고 또 다채롭다. '그렇다고 해서 네 펀 팩트를 들어줄 이유가 될 수는 없어!'라며 친구들이 분개할지도 모르지만. 일목요연하게 할 말만 하고 싶지는 않다. 무의미하게 흐르는 말들 가운데 끝맺지 않은 내 삶에 대한 생각이 있다. 하나의 정확한 단어로 축약하기에는 아쉬운, 아직은 열린 결말.

내 몸에는 아직 하나의 타투만 있다. 샤워를 할 때마다 나머지 구역에는 어떤 타투로 채울지 즐겁게 고민해본다. 더 이상 늘리지만 말라며 가족들은 만류하지만, 내 몸을 무의미한 타투들로 하나씩 채워 그때그때의 증표로 삼고 싶다. 두꺼운 책 사이사이에 끼워둔 책갈피처럼.

푸슬푸슬 웃는 사람

한국의 날씨가 매일매일 가을만 같았다면, 나는 캘리포니아에 사는 사람처럼 언제나 해맑았을 것이다. 가을에는 걷기만 해도 웃음이 나고 발걸음도 날아갈 듯 가볍다. 그럴 때 어김없이 외친다. 뉴욕 헤럴드 트리뷴!

뉴욕 헤럴드 트리뷴이란, 장뤼크 고다르의 영화 〈네 멋대로 해라〉에서 여주인공 '퍼트리샤'가 파리 샹젤리제 거리에서 팔던 신문의 이름이다. 퍼트리샤는 신문 다발을 한 손에 들고 "뉴욕 헤럴드 트리뷴!" 소리 높여 외치고 다니는데, 영화사에 길이 남을 유명한 장면이다.

이 장면을 처음 본 것은 의외로 〈몽상가들〉이라는 영화에서였다. 이 영화의 등장인물들은 시네마테크를 뻔질나게 들락거리는 영화광들로, 틈날 때마다 고전 영화에 나오는 장면들을 모방하며 서로에게 잔뜩 취해 있다. 이들이 샹젤리제 거리를 걸으면서 그 유명한 "뉴욕 헤럴드 트리뷴!"을 외치는데, 이때 화면이 흑백으로 바뀌며 〈네 멋대로 해라〉의 장면이 번갈아 나타난다.

처음 이 장면을 보고 영 낯간지러워 눈을 뜰 수가 없었다. 그도 그럴 게, 우리나라의 어느 남자 배우가 미니홈피에 파리에서 찍은 자신의 흑백사진과 함께, 다시 파리에 간다면 한 손에는 와인병을 다른 한 손에는 신문을 들고 샹젤리제 거리에서 '뉴욕 헤럴드 트리뷴!'이라고 외치겠다는 내용의 글을 올렸던 일이 생각났기 때문이다. 오글거리는 줄 알면서도 한편으로는 그렇게 길에서 우렁차게 외칠 용기가 부럽다고 생각했다. 하지만 따라해 볼 엄두는 안 났다. 거리에서 이유 없이 소리치면 사람들이 다 쳐다볼 테니.

어느 가을날인가, 그 배우처럼 와인 한 병이라도 들었는지 혹은 마셨는지, 왠지 모르게 신나서 피식피식 웃으며 집으로 돌아가고 있었다.
그날따라 거리에 사람도 별로 없었기에, 공연히 팔을 활짝 벌려 뉴, 뉴욕… 헤럴…드…트리…뷴…! 외쳐보았다.

　어라? 막상 해보니 굉장히 짜릿해서 사람들이 눈에 들어오지 않았다. 이거, 꽤 괜찮은데? 가끔 일상적이지 않은 행동을 하는 게 의외로 삶의 활력소가 된다는 걸 그때 깨달았다. 날씨 좋은 날이면 으레 "뉴욕 헤럴드 트리뷴!"을 외치는 일이 습관이 되었다. 지나가는 사람들이 보기에 바보 같을 걸 잘 알지만, 내가 즐거우니 참을 수가 없다.

　며칠 전에는 친구들과 만나기로 한 약속 장소로 걸어가고 있는데 저 멀리 친구들이 보였다. 반가워서 한달음에 달려가는 중에 왠지 친구들의 심기를 거스르고 싶었다. "뉴욕 헤럴드 트리뷴!" 장난치듯 소리쳤다. 친구들은 잠자코 나를 관찰하듯 서 있기만 했다. 내가 그들 코앞까지 다가가자 그제야 이렇게 말하는 게 아닌가.

"항상 느꼈는데, 너 정말 갈지자로 걷는다!"

음?! 그렇군. 하긴, 일자로 똑바로 걸어본 적이 별로 없는 것 같다. '똑바로 앞을 보고 걸으라'는 지적을 일곱 살 때부터 들었지만 지금까지 고치지 않고 있다. 그저 되는대로 휘적휘적 걷는다. 발이 앞으로 나가기만 하면 어느 모양이든 상관없다.

아무래도 우아해 보이지 않으니 팔자걸음이 이득이었던 적은 없는데, 딱 한 번 좋았던 적이 있다. 중학교 시절 한국 무용 기본 스텝을 배울 때였다. 먼저 선생님이 시범을 보였다. 한복 치마를 가볍게 잡듯이 양손을 허리 옆에 얹고 무릎을 살짝 굽힌 채 발을 약간 팔자로 벌리고 리듬감 있게 걸어갔다. 선생님의 모습은 꼭 중전마마 같았다. "원래 팔자로 걷는 사람들은 더 쉬울 거야. 자, 해볼 사람?"

나는 자신 있게 손을 들고 먼저 하겠다고 했다. 헛기침을 몇 번 하고 배운 대로 무용실 강당을 덩실덩실 가로질렀다. 제법 잘했다 싶어 회심의 미소를 지으며 돌아섰는데, 반 친구들이 "너 걷는 모습이 꼭 무중력 상태를 걷는 외계인 같았어!"라며 포복절도할 정도로 웃고 있었다. 순간, 얼굴이 뜨거워졌다. 그다음 무용 시간부터는 늘 최소한으로 몸을 움직였다.

어른이 되어서도 누가 "클럽 갈래?"라고 하면 "나, 춤 알레르기가 있어"라며 얼토당토않은 변명을 하곤 했다. 춤은 물론이고 오랜 세월 동안 몸을 쓰는 방법을 잘 몰랐다. 처음으로 필라테스를 배웠을 때는, 엉덩이에 힘이 들어갈 수 있다는 사실에 놀랐다. 엉덩이뿐만 아니라 배나 날개뼈 안쪽 같은, 생전 힘이라곤 줘본 적 없는 곳에 기상천외한 자극이 느껴졌다. 생각에서 행동으로 이어지기까지의 과정도 남들보다 곱절은 느려서 할리갈리는 단 한 번도 이겨본 적이 없다. 과일이 다섯 개가 되는 순간, 어! 하고 단말마의 비명만 외친 채 그 자리에서⋯ 또 졌다.

그저 보기에 번듯하고 나무랄 데 없는 성인으로 보이고 싶은데, 왜 그리 어려운 걸까. 뉴욕 헤럴드 트리뷴 외치면서 할 말은 아니지만, 가끔 사무치게 억울하다. 언제는 놀이터 벤치에 앉아 김밥을 우적우적 먹고 있는데, 한 아주머니가 다가와 이렇게 물은 적도 있다.

"몇 학년이니?"

"4학년인데요⋯?(당시 대학교 4학년이었으므로)"

"근데 왜 이렇게 키가 커?"

둘 다 몇 초간 머리 위에 물음표를 띄운 채 서로를 바라보다가 아주머니가 뭔가 깨달았다는 듯이 "어머!" 하고 서둘러 사라졌다. 아주머니는 나를 초등학교 4학년으로 생각한 것이다. 다들 회사나 학교 가는 대낮에 캐릭터가 그려진 반팔, 반바지를 입고 빠짝 깎은 앞머리를 하고 있으니 그랬던 듯하다. 하지만 아무리 그래도, 초등학교 4학년이라니….

그런 일이 몇 번씩 반복되다 보니, 이상한 내 모습을 탈피하고 싶었다. 그런데 애석하게도 아무리 사람들에게 어른스러운 표정으로 진지한 말을 해도 "당신, 어디서 특이하다는 말 많이 듣죠?"라는 반응이 돌아오곤 했다. 뭐가 문제지? 나름대로 잘 감췄다고 생각했는데…. 속으로 참 이유를 알 수 없다고 생각했는데, 얼마 전에 그 해답을 찾았다.

친구들과 함께 간 여행지의 카페에서 서로 찍어준 사진들을 휴대전화로 주고 받고 있었다. 오래도록 남길 만한 사진을 찍어야지 싶어 친구들이 카메라를 들이댈 때마다 기를 쓰고 화사한 표정을 지었는데, 막상 찍힌 사진에는 죄다 희미하게 인상을 쓰고 있었다. 햇빛이 눈부셔 게슴츠레 찌푸린 얼굴처럼. 그래도 웃어보겠다고 입꼬리는 살며시 올라가 있으니 웃는 듯 마는 듯 애매한 느낌이었다. 증명사진을 찍을 때마다 사진사가 "좀 더 웃어요, 눈 부릅뜨고!"라고 했던 이유가 이래서일까?

"나, 왜 이렇게 다 표정이 푸슬푸슬하지?"

"맞아, 너 정말 푸슬푸슬해!"

친구들이 맞장구쳤다.

그러니 인정하기로 했다. 민들레 홀씨가 장미나 튤립이 될 수는 없지 않은가. 날아가지 말라고 암만 손으로 꼭 쥐어봤자, 홀씨는 바람만 불면 파사사 흩날린다. 멀쩡한 척 어른스러운 표정 지어봤자, 가을바람만 불면 "뉴욕 헤럴드 트리뷴!" 외치고 마니. 나의 어설픔은 늘 언젠가는 탄로가 난다. 그러니 '언제쯤 들킬까?' 전전긍긍하지 않고 바로 체면을 벗어던지는 게 편하다. 처음 누군가를 만나는 자리에서도 실없이 농담부터 던진다.

예를 들면 이렇다. 내 안경은 주황색 타원형 테 안경인데, 사람들이 "그나저나, 안경이 참 멋지세요"라고 하면 "이거 아오이 유우 남편 안경 같지 않아요?"라고 말해버리는 것이다(야마사토 료타 님, 미안합니다). 그럼 "뭐라고요?" 하며 사람들은 어이없어한다. 그제야 만족스럽다. 이제 첫인상의 영점을 맞춰놓았으니 한시름 놓을 수 있다.

여담으로, 얼마 전 우체국에 갔다가 돌아오는 길에 적적해서 노래를 들으며 가고 있었다. 털레털레 걸어가는데, 100미터쯤 앞에 친구가 서 있었다. 쟤가 여기 웬일이지? 친구에게 다가갈수록 거의 울면서 웃고 있다는 걸 발견했다. 왜 웃어? 친구 왈,

멀리서 나를 보는데 순간 초등학생인 줄 알았다고 한다.

뭣 때문인지 키득키득 웃다가, 멀거니 하늘도 봤다가, 다시 빵 터지다가 하며 이리저리 휘청거리면서 걸어가는데, 그러다 옆에 가는 강아지를 빤히 쳐다보며 귀여워하기도 하고… 절대로 집중해서 앞으로만 걷지를 않았다는 것이다. 나는 살짝 웃기만 한 줄 알았는데. 내가 그렇게 걷고 있었던 줄은 꿈에도 몰랐다. 쩝, 뭐 어쩌겠는가. 남들 보기엔 이상해 보여도 나는 그냥 푸슬푸슬 웃고 싶다.

전시가 끝나면 제일 먼저 드는 마음은 후련함보다는 허무함이다. 전시의 성과가 어떻든 오랫동안 준비한 작품들을 다시 가방에 한 점씩 포장해 담다 보면 '도대체 이 수고를 왜 하는 것인가?' 하는 근원적인 질문이 고개를 내민다.

짧으면 몇 개월, 길면 1년 넘게 한 전시를 위해 고민하는데, 겨우 2주 남짓 전시를 하면 끝난다는 게. 또 그 고민의 산물을 이고 지고 집으로 돌아가야 한다는 게. 참으로 착잡하기 그지없었다.

전시를 준비할 때는 작품 판매에 대해서는 생각하지 않으려고 노력하는 편이다. 팔릴 만한 것만을 고려하며 작품을 만들다 보면 표현에 제약이 생기기 마련이니까. 전시에서는 평소에 잘 드러내지 않았던 관점을 담아 기존과 다른 각도의 작업물을 보여주려고 한다. 제작비용에 대한 염려는 잠시 접어두고 작업실에만 틀어박혀 전시 준비에 전념한다. 하지만 전시가 끝난 후에는 이걸 다 어디다, 어떻게 둘지 마음이 무겁다.

내가 할 수 있는 한 최선의 것을 선보이고 싶은 욕심에 몸과 마음을 혹사해 전시를 꾸려도 만족이란 끝이 없고, 항상 어느 정도 실망감을 동반한 채 전시는 끝이 난다. 작품 측면에서도, 수익 면에서도 그렇다.

그때 문득 '내 작품은 애초에 전시할 만한 가치가 있는가?' 하는 질문이 떠오른다. 그렇게 시작된 고민은 눈덩이처럼 커다랗게 불어나서 나에 대한 의심으로까지 번진다. …그럼 난, 작가로서 어떤 가치가 있는가? 해답 없는 아프기만 한 질문.

지난 한 달 동안은 한국에서 한 번, 일본에서 한 번 무려 두 차례의 전시를 끝냈다. 전시를 마치고 남은 인형들을 캐리어에 다시 담아 신주쿠역으로 낑낑대며 끌고 가는 길에 다시금 그 질문이 나를 집요하게 따라다녔다. 한낮의 태양처럼 끈질기게.

집에 돌아와 캐리어를 풀지도 못하고 침대에 누워만 있었다. 여행의 여독도 한몫을 했을까. 남은 것이라곤 겨우 지쳐 쓰러진 내 몸뚱어리뿐인 것 같았다. 서글픔까지 막 밀려오려는 순간에,

외국에 나가 생활하고 있는 친구에
게서 때마침 전화가 왔다. 한국에
잘 도착했냐고. 그렇다고 했다. 그런
데 마음이 너무 허무하다고. 만반의 준
비 끝에 어렵사리 전시를 끝마쳤는데,
남은 게 무언지 모르겠다고. 전시를 왜
하는 건지도 모르겠다고.

　친구는 내 말을 가만히 듣고 있었다.
그러다가 픽 한번 웃더니 이야기했다.

　"원래 전시는 자기희생적인 면이 있는 거야. 정말로 보여주고
싶고, 또 말하고 싶은 걸 보여주기 위해서 눈 딱 감고 해야만 해.
그러곤 전시장에 앉아서 잠자코 관객을 기다리다가 어쩌다 전
시장에 잘못 들어온 엉뚱한 아저씨에게도 '전시 와주셔서 감사
합니다' 꾸벅 인사하는 거야. 설령 강도가 쳐들어와서 '가진 거
다 내놔!' 하고 총을 겨눠도 '아이고, 보러 와주셔서 감사합니
다. 전시 서문과 전시장 지도는 여기에 있습니다' 하는 거지….
그냥, 그런 거야."

　거, 말 한번 잘하네. 친구 말을 듣는 내내 어이가 없었는데, 어

떤 위로보다도 크게 위로가 되었다. '다음엔 더 잘될 거야', '그래도 정말 잘했어' 같은 친절한 말보다도 훨씬. 살짝 짜증은 났지만 독창적인 그 답변에서 진심이 느껴졌다.

그렁그렁하던 눈물이 사하라 사막처럼 바싹 말라버렸다. 이어 팡 터지듯이 웃음이 튀어나왔다.

"그래, 나 앓는 소리 그만할게."

전화기 너머의 친구와 한참을 웃었다.

이후로 이어진 친구의 말 중 아직도 곱씹어보고 있는 하나는, 꼭 전시 기간 동안에 눈에 보이는 성과가 나타나는 건 아니라는 말이었다. 당장은 알 수 없지만, 지금의 전시가 씨앗이 되어 무수한 기회와 가능성이 생길 수 있다고. 어쩌면 전시를 보러 온 관객이 5년, 10년 후에 내게 엄청난 제안을 할 수도 있고, 혹은 동료로 만날 수도 있는 거라고.

돌아보면, 내가 표현하고 싶은 걸 표현하기만 하면 되었던 때, 작업하는 게 가장 재미있었다. 인형을 만들기 시작한 지 얼마 되지 않았을 무렵에는 만들고 싶은 게 세상에 넘쳐났다. 순전히 내가 만들고 싶어서 만드는 거라 지칠 줄을 몰랐다. 그러다 인형을 판매하게 되고, 협업이나 외주 제작도 하게 되면서 비로소 내가 원하는 모습을 향해 가고 있다고 생각했었다. 내가 잘하고 좋아하는 것으로 돈도 벌 수 있다니, 이 얼마나 행운이냐고. 하지만 점점 작업의 기준이 내가 아닌 다른 사람들이 되니 내 작업을 꼼꼼히 지켜볼 마음의 여유가 사라져갔다.

비교적 최근에 와서는 표현보다 '증명'이 우선이었다. 언제나 내 자신을 사람들에게 증명하고 싶었다. 증명이라니, 이 얼마나 모호한 단어인가? 어떤 사람들에게 얼마만큼을 증명해야 한단 말인가. 가끔 하는 우스갯소리가 있다. 인형 작업은 '신내림'이고, 나는 '인형 무녀' 같은 거라고. 앓아눕고 힘들어도 거부하거나 안 하고는 살 수 없다고.

길게 푸념을 늘어놓고도 결국 나는 또 전시를 하게 될 것이다. 그러지 않고는 살 수 없으니까. 표현하고 싶은 것이 아직도 산더미처럼 많고, 그걸 하지 않으면 못 배기는 사람이라는 걸, 매 순간 누구보다도 잘 알고 있다.

실은, 신주쿠역으로 가는 길목에서 내게만 들릴 정도로 작은 목소리로 중얼거렸다.

수고했다고.

그런 말은, 남의 연애 상담은 청산유수로 잘 말해줄 수 있지만 내 연애는 엉망진창인 것처럼, 왜인지 스스로한테는 잘 하기가 어렵다. 그렇지만 한번 그렇게 말해보니 좋았다. 그 순간을 누구에게도 들키고 싶지 않은 건 맞지만, 그만큼 비밀스럽고, 또 내게 꼭 필요한 순간이란 걸 받아들였다.

오늘도 에휴! 한숨 푹 쉬고 손 탈탈 털고 일어나서 다시 작업하는 수밖에 없다. 내 운명을 받아들여야지 별수 있겠는가. 중요한 건, 나는 인형 만드는 걸 사랑하는 사람이라는 것. 볕 들 날 있어도 혹은 없어도 묵묵히 하는 것밖에는 뾰족한 수가 없다. 그렇게 하다 보면 전시를 또 열게 되고⋯ 강도가 또 쳐들어와서는 "저, 그때 그 강도인데요. 저번에 전시 정말 감명 깊게 보았습니다" 할 수도⋯?

그럴 때는, "아, 또 오셨네요. 최고로 모시겠습니다!"라고 안내해야겠다.

꿈에서는 자주 예상외의 인물들이 등장한다. 학창 시절 이야기 한 번 나눠본 적 없는 친구, 아니면 텔레비전에서 스치듯이 봤던 연예인 같은 인물들. 그 정도야 내 무의식 저편에 '그 사람들이 있었나 보다…' 하며 넘긴다. 그러나 과거의 한 지점을 공유했지만, 이제는 더 이상 만날 수 없는 사람들이 꿈에 나올 때면 일이 그렇게 간단하지만은 않다. 그런 꿈은 생생하기까지 해서, 잠에서 깨면 한동안 현실인지 꿈인지 분간하기가 어려워 가만히 마음을 잠재울 시간이 필요할 정도다.

꿈에 학창 시절 친구가 나왔다. 중·고등학교 내내 동고동락하며 이루 다 말할 수 없는 추억을 쌓았는데, 성인이 되어서는 나와 사고방식이 다른 사람이라는 걸 알게 되었다. 마음속에서 싹트기 시작한 관계에 대한 의심을 애써 덮어가며 몇 년을 더 보내다가 결국 헤어졌다. '이젠 됐어. 이렇게 인연이 다한 거야'라며 뒤돌아섰지만, 덮어둔 의심은 기약 없는 후회로 자라났다.

'내가 그때 조금만 더 의견을 굽혔더라면. 더 어른스럽게 굴었더라면…. 나는 뭐 얼마나 잘났다고….'

분명 참고 참다가 터뜨린 이별이었으니 미련은 없을 거라고 믿었는데. 산다는 건 무 자르듯 깔끔하기가 어렵나 보다.

꿈에서 나는 안개 낀 킹스크로스 기차역에 있었다. 새벽이었는지 한낮이었는지 모를 정도로 안개가 자욱했다. 그런데도 그 공간이 킹스크로스역임을 확신할 수 있던 건, 영화〈해리포터와 죽음의 성물〉에서 해리가 죽은 후에 핏덩이처럼 어린 볼드모트와 덤블도어 교장 선생님을 만나는 장면의 배경과 똑같았기 때문이다.

내가 왜 여기에 있지? 두리번거리다 벤치에 앉았다. 문득 옆을 보니, 그때 그 친구가 앉아 있었다. 우리에게 아무 일도 없었던 듯 친구와 나는 시시콜콜 수다를 떨었다. 그 사람은 그랬었지, 요즘엔 그런 게 좋더라 하는 이야기를 하며. 활짝 웃고 있는 옆얼굴을 보고 있자니, 가만 생각해보니 이럴 리 없다는 기묘한 기분과 함께 불현듯 꿈이라는 걸 깨달았다.

다 잊었다고 생각했는데, 내가 알던 친구의 세세한 순간들이 눈앞에서 하나씩 재생되기 시작했다. 울거나 웃거나 하던 모습, 이제는 이유도 기억나지 않는 어떤 일 때문에 울던 나를 위로해주던 모습, 장난치던 모습, 그리고 노래하던 모습.

여전히 참새처럼 조잘대는 친구에게 말해주고 싶었다.

네가 노래 부를 때 목소리가 속삭이는 것처럼 바뀌는데, 난 그게 너무 좋았어. 그래서 맨날 뮤지컬 배우처럼 나한테 노래로만 말했으면 좋겠다고 생각했었어.

끝끝내 그 말은 입에서 떨어지지 않았다. 쓴 사탕을 입에 머금고만 있는 것처럼 아무 말도 하지 않다가 꿈에서 깨어났다. 온종일 그 꿈에 대해, 벤치에 앉아 있던 우리에 대해 생각했다. 그날 밤 일기에다가 꿈에서 있었던 일들을 적어 내려갔다. **뭐였을까?**

펜을 쥐고 생각하다가 한 줄 더 적었다. **그래도 꿈에서라면 이렇게 간단히 만날 수 있다는 게 행운이라 생각했다.**

전화 한 통, 하다못해 문자 한 통이라도 먼저 보내면 되지 않느냐고 누군가는 되물을지도 모르겠다. 하지만 그렇게 쉬운 일이 아니다. 나는 아직도 내 마음을 들여다보는 중이다. 언제라도 작은 결론이 난다면 무엇이든 할 테지만, 아직은 내 마음의 수면 위로 그 결론이 '퐁!' 하고 공기 방울처럼 솟아나기를 물끄러미 바라보고 있다. 보기에 답답하다 할지라도 그것만은, 내가 지키고 싶은 나만의 고집이다. 그건, 유보하고 싶은 마음이라기보다는 더욱 진심이 되고 싶은 마음이다.

대학생 때 들었던 셰익스피어 문학 수업에서 《햄릿》의 유명한 구절 '사느냐 죽느냐, 그것이 문제로다'를 두고 교수님께서 하신 말씀이 있다. 이 구절은 인간의 삶에서 죽음 또한 그 일부이며, 이를 터부시해서는 안 된다는 점을 이야기해주고 있다고. 나는 그 말에 동감했다. 죽음을 겪어본 적 없었지만, 부정하거나 무서워할 필요는 없다고 막연히 생각해왔으니까.

얼마 있다가 주변에서 뜻하지 않은 죽음을 겪었다. 그러고 나니, 그런 말은 죽음이 멀리 있을 때나 쉽사리 고개를 끄덕일 수 있는 것이라고 생각하게 되었다.

매일 연락할 만큼 막역한 사이는 아니었지만, 가끔 만나 술이나 커피를 마시며 나중에 어떤 사람이 되고 싶은지, 그래서 뭘 준비하고 있는지 이야기를 들을 정도는 되었던 사람이었다. 나중에 전해 들은 비보를 곱씹으며, 나는 그 사람이 내게 했던 말들을 아주 오랫동안 깊이 생각했다. 그 사람을 알고 지낸 시간보다 그 후에 떠올리던 시간이 더 길 정도로.

　그러던 어느 날, 잠에 드니 또 거짓말처럼 킹스크로스역이었다. 그곳에는 내가 알던 그 사람이 옛날 그 모습 그대로 서 있었다. 너무나도 반가운 마음에 "언니! 잘 지내고 있었어?" 하며 달려갔다. 그 사람은 싱긋 웃으며 "응. 잘 지냈어?" 인사했다.

　"잘 지냈지! 언니는 여기서 하고 싶은 거 다 하고 있어?"

　"응. 여기서 이런저런 거 다 해."

　"그렇구나! 정말 다행이다."

　"응."

　"…그래, 언니는… 잘 지내?!"

　막상 꿈에서 만나면 못다 한 말을 다 쏟아낼 줄 알았는데. 안부를 묻고 나니 금방 어색해지고 말았다. 어영부영 똑같은 질문만 던지다가 숨 막히는 정적을 느끼며 겸연쩍게 있다가 꿈에서 깨버렸다.

　다른 의미로, 이 꿈에 대해 온종일 생각했다. 눈물바다가 될 줄로만 알았는데 묘하게 현실적인 부분이 꼭 진짜 같았다. 우리가 갑자기 꿈에서는 둘도 없이 친한 사이가 된 게 아니라 예전처럼 몇 마디 나누니 어색한 것이, 내가 본 게 진짜 천국에 있는 그 사람 같았다. 그러니 오히려 정말로 잘 살고만 있는 것 같아 마

음이 놓였다.

　그날의 꿈 이후로 그 사람에 대해 생각하는 일이 잦아들었다. 잘 지내고 있다는 안도감에 더 이상 걱정스럽지 않았다. 그렇지만 가끔은 어색했던 그 순간을 떠올리며 웃는다. '내가 요즘 뭐 하는지는 하나도 말 안 했네…' 하며. 다시 꿈에서 만나면 뭐라고 말하면 좋을지도 상상해보았다. 같은 상황에 놓인다면 깜짝 놀라서 또 횡설수설하겠지만, 아마도 나는…

　'난 그냥 요즘 고양이 키워!'라고 말하고 싶다. 미주알고주알 잘 지냈는지, 무엇이 힘들었는지 혹은 미웠는지, 얼마나 미안한

지, 보고 싶은지 말하기보다는 그 한마디로. 그 사람뿐 아니라 킹스크로스역에 나란히 앉아 있던 내 친구에게도. 그래서 끝끝내 꿈에서 아무 말도 못 했던 건지도 모른다. 나는 산뜻하게 대화를, 그리고 관계를 새롭게 시작할 말을 찾고 있었던 거다.

천국에서든 꿈에서든 현실에서든 누구든 다시 한 번 만난다면 그렇게 말을 시작할 수 있지 않을까. 천국과 현실은 당장은 요원해도, 또다시 꿈을 꿨을 때 킹스크로스역에서 눈을 뜬다면 한 번쯤 시도해보고 싶다.

햄버거를 먹는 게 연례행사다. 1년에 고작 다섯 번 먹을까 말까다. 먹기에 부담스럽기도 하고, 빵 사이에 속 재료를 잔뜩 끼워 먹으면 무슨 맛인가 싶다. 애초에 빵 자체를 좋아하는 편이 아니라서 그렇다. 길거리에서 파는 붕어빵이나 국화빵은 좋지만, 제과점에서 파는 빵은 있으면 먹고 없으면 굳이 찾아서 먹지는 않는다. 끼니로 밥과 빵 중 택해야 한다면 언제나 밥이다. 빵은 간식의 이미지가 강하다. 밥이나 빵이나 똑같이 탄수화물이어도 빵은 좀 더 '본격 밀가루'라는 느낌이라 주저하게 된다. 그런데도 가끔은 햄버거가 아니면 안 될 것 같을 때가 있다.

　그야말로 스트레스가 '만땅'일 때다. 거래처의 말도 안 되는 요구사항을 들어줘야 할 때, 과중한 업무량에 시달릴 때, 머릿속의 기가 막힌 착상이 제대로 구현되지 않을 때…. 시원한 맥주 한 잔이 사무치게 생각나지만, 대낮부터 고주망태가 되어서 아무것도 못 할 수는 없는 노릇이니 대신, '점심은 오랜만에 햄버거로 달려볼까?' 하며 맥도날드에 간다. 매번 '상하이 치킨버거 세트'를 주문한다. 기름진 거 한번 제대로 먹어주겠다고 야심만만했더라도 소고기 패티 버거는 영 입맛에 안 맞아 주문하지 않는다. 햄버거 속 재료가 실하고 푸짐할수록 어쩐지 싫다.

여담인데, 가장 좋아하는 패스트푸드점은 롯데리아다. 다른 곳보다 햄버거 모양이 단순하게 생겨서 그렇다. 그런 이유로 모든 햄버거 중에서 수제 버거를 제일 싫어한다. 온갖 자기주장 강한 재료들이 이쑤시개 하나로 아슬아슬 지탱되고 있는 모습이 보기만 해도 불안하고 먹기에도 불편하다.

주문한 햄버거 세트가 나오면 팔을 걷어붙이고 전투태세에 돌입한다. 내게 '햄버거를 먹는다'는 행위는 햄버거와 감자튀김, 콜라를 삼합처럼 쉴 새 없이 곁들여 먹으며 정크푸드의 참맛을 온전히 즐기는 일이다. 겨우 햄버거 하나 먹을 거라면 가지도 않았다. 햄버거가 퍽퍽할 때 콜라로 목을 축여주고, 그 단맛에 질릴 때 짜디짠 감자튀김 하나 입에 넣어주고…. 이 세 가지는 절대 깨뜨릴 수 없는 조합이다. 여기에 코울슬로나 치즈스틱을 곁들일 수 있어도 감자튀김을 대체할 수는 없다.

꾸역꾸역 햄버거와 싸운다는 생각으로 먹다 보면 어느새 쟁반에는 포장지만 남아 있다. 배불러서 든든한 한편, 뜻 모를 허무함이… 그럴 때는, 얼른 '나는 나를 파괴할 권리가 있다!' 속으로 부르짖으며 세차게 도리질 친다.

넷플릭스에서 〈비프 beef〉라는 드라마를 보았다. 가난한 하류 인생을 사는 한국계 이민자 주인공이 부모님을 모실 집터를 사려고 오랫동안 봐둔 땅에 간다. 그곳에서 그는 부동산에 전화를 걸면서 치킨버거 세 개를 연달아 먹는다. 아무리 기다려도 부동산에서는 전화를 받지 않고, 하필이면 그때 코인 지갑에 넣어둔 가상 화폐의 가치가 곤두박질치는 바람에 땅을 살 수 없게 되자 그는 절망한다. 서러움에 겨워 울다가 그만 목이 메어 먹던 치킨버거를 쥔 채 구역질한다.

그 장면을 보면서 이상하게도 내가 햄버거를 먹을 때가 떠올랐다. 분명히 그럭저럭 맛있게 먹었는데도. 저 사람도 치킨버거가 좋아서 세 개씩이나 샀을 텐데. 왜 저렇게 허겁지겁 입에 욱여넣을까. 맛을 음미할 틈도 없이.

완벽하게 이해할 수는 없어도 확실하게 느껴지는 건 슬픔이었다. 대학을 졸업하고 얼마 지나지 않아 할 일도 없고 직업도 없던 시절, 나는 밤낮이 바뀐 생활을 하고 있었다. 해가 중천에 떠서야 눈을 뜨기가 일상이었다. 반년을 그렇게 보내다 문득 게으른 내 모습이 정말 싫어졌다. 직장이 있었다면 아침에 억지로라도 일어날 텐데, 오로지 의지만으로 아침 일찍 일어나는 일은 당시의 나로서는 하늘의 별 따기였다. 그러다 내가 찾은 방법은 맥모닝 먹기였다.

맥 모닝을 먹을 수 있는 시간은 새벽 4시부터 오전 10시 30분까지. 내게는 거의 한밤중과 같은 때라 가능할까 싶었는데, 다음 날 아침에 부스스 일어나 잠옷에 외투만 걸치고 지하철역 앞 맥도날드까지 걸어갔다.

이게 되는군. 조용히 감탄하며 가게 유리창 너머로 출근하는

직장인들을 수족관 속 물고기 보듯이 바라보았다.

　맥 모닝은 맛있었다. 잉글리시 머핀, 해시브라운, 아이스 커피로 이뤄진 단출한 구성이 부담스럽지 않고 좋았다. 의외로 커피 또한 풍미가 있었다. 패스트푸드점 커피이니 그저 그렇겠지 싶었는데 뜻밖의 선물 같은 커피까지 홀짝홀짝 마시니, 그날 하루 한 일이라곤 겨우 맥 모닝 먹은 것밖에 없었는데도 기분이 한결 나아졌다. 그러고 다시 집으로 돌아가 미뤘던 집안일들을 조금씩 해보기도 하고. 아니면 아침 일찍 일어난 게 무색하게 다시 이불 속으로 파고들기도 했지만. 다음 날 맥 모닝을 먹으러 아침에 일어나는 일이 기대되기까지 했다.

　일어나자마자 잉글리시 머핀이나 해시브라운 같은 음식을 먹으면 건강에 좋지 않다는 사실을 알고 있었지만, 음식의 영양소 따위가 중요한 문제가 아니었다. 당장 내 삶이 너무 벅차서 뭐라도 잡길 원했다. 아침에 일어날 수 있게 되기를, 삶의 루틴이 생기고 내 하루가 나아지기를 간절하게 바랐다. 맥 모닝은 그런 나를 유일하게 도와준 음식이었다. 요즘 울적할 때마다 햄버거를 먹는 이유도 그와 비슷하다.

　한층 〈비프〉의 주인공이 이해가 갔다. 그렇지, 아무래도 삶이 버거울 때는 햄버거지.

굳이 햄버거 때문이 아니더라도 가끔 패스트푸드점에 간다. 약속을 잡았는데 친구가 늦는다고 할 때라든지, 너무 일찍 약속 장소에 도착했을 때라든지. 애매하게 시간이 남으면 맥도날드에 가서 커피 한 잔 시켜놓고 창밖을 구경한다. 카페에 갈 수도 있지만, 주변 사람 의식하지 않고 앉아 있기에는 맥도날드 쪽이 좀 더 편안하다. 카페에 가면 아무리 모르는 손님들이라도 떠드는 이야기가 귀에 들리기 마련이고, 또 내가 하는 이야기도 들릴 것을 생각하면 온전히 편하지는 않다. 노트북을 오래 펼쳐두고 있기도 가끔은 눈치 보이고. 그에 반해 맥도날드는 얼른 먹고 나가려는 사람들과 포장해 가려는 손님뿐이라 아무도 나를 신경 쓰지 않는다.

　패스트푸드점에 가면, 영화 속 스쳐 지나가는 엑스트라가 된 것 같아 안심이 된다. 이상한 일이다. 내 인생의 주인공은 나라는데, 왜 엑스트라가 되었을 때 편안한 걸까. 음식의 맛이며 인테리어며 주인의 개성이 묻어나는 식당은 대접받는 기분이 들어 좋지만, 패스트푸드점에 갔을 때 느껴지는 특유의 안도감이 필요할 때가 있다. 엄청나게 기대되는 바가 없고, 특별한 단상도 남지 않는 무색무취함이 오히려 마음을 편하게 해준다.

　스스로 해결해야만 하는 무거운 일이 있을 때, 차라리 배경 속

엑스트라가 되고 싶은가 보다. 맥도날드는 그러기에 제격인 은신처다. 가끔 그렇게 엑스트라가 되어서 햄버거 세트를 먹을 시간이 필요하다. 누구에게나 그럴 것이다. 어쩌면 내 옆에서 햄버거를 먹던 사람들도 그랬을까. 외딴섬처럼 테이블에 앉아 다들 아무 말 없이 햄버거만 먹던 그 공기를 떠올려본다.

드라마를 보다가, 어느덧 어른이 된 주인공들이 어릴 적 묻어둔 타임캡슐을 꺼내는 장면이 나왔다. "그래, 이 나무였어!" 하면서 파낸 타임캡슐 속에는 그들의 풋풋했던 고등학생 시절 사진이 들어 있었다. 다들 "그때, 우리 정말 철없었지. 그렇지?" 하면서 사진 속에 담긴 추억을 정답게 나누는데, 나는 먹고 있던 과자를 입에 넣지 못하고 그만 '얼음'이 되어버렸다.

'그러고 보니, 초등학교 때 타임캡슐에 뭘 넣었지? 중학생 때는?'

머릿속이 초기화라도 된 듯 아무런 기억이 나지 않았다. 분명히 뭘 하나 넣었는데. 언제 열어보자고 이야기도 했었는데…. 골똘히 기억을 더듬어봐도, '묻었다'라는 사실만 떠오를 뿐 타임캡술 속에 넣은 물건은 하나도 떠오르는 게 없어서, '애당초 타임 캡슐이라는 걸 묻기는 했었나…?' 하는 결론에 이르고 말았다.

나는 자타공인 기억의 천재다. 사람들이 내게 흘리듯 했던 말, 사소한 일 하나하나 빠짐없이 다 기억한다. 친구들이 소름끼쳐 할 정도다. 그런데 타임캡슐에 관한 일들은 웬일인지 하나도 기억나지 않았다. 분명 그 시절 친구들 대여섯 명과 함께 소중하게 여긴 물건을 묻었던 것 같은데. 그 친구들이 누구였는지도 기억나지 않고, 실은 대여섯 명이었는지도 불확실했다. 이럴 수가. 기억이 흐려지고 있어….

기억의 천재인 만큼 망각은 두려운 것 중 하나였다. 다른 기억들도 하나둘 더듬어보려니, 초등학교 때 누구랑 친했는지도 가물가물했다. 나는 대체 누구의 손을 잡고 화장실에 갔단 말인가? 드라마 속에서는 20년 만에 흙더미 속에서 꺼낸 사진인데도 빛바랜 구석 없이 선명한데, 나의 20년 전 기억은 흙과 함께 부스러기라도 된 듯 한없이 희미해져 있었다.

본가에 내려간 날, 안 읽는 책들을 정리하다가 초등학교 졸업 앨범을 마주쳤다. 앨범의 표지를 펼치니, "6학년 1반, 삼십 살에 운동장에서 만나자"라는 문장이 첫 장에 쓰여 있었다. 그때는 삼십 살이면 까마득한 미래인 것만 같았다. 웃으며 페이지를 넘기자 내 사진이 나왔다. '연예인이 되면 안 되는 이유가 있구나…' 눈을 질끈 감아버렸다.

그다음 장, 그리고 다음 장으로 페이지를 전부 넘겼다. 앳된 초등학생의 얼굴로만 남아 있는 그리운 얼굴들. 잊고 있던 추억들이 슬금슬금 떠올랐다. 친구들과 약속한 삼십 살 되는 날이 가까워지는데, 연락하고 지내는 이가 하나 없으니 어떻게 살고 있는지 알 방도가 없다. 졸업앨범 속 친구들과 있었던 일화들이 하나둘 떠오르는데도, 아무리 머리를 싸매고 생각해봐도 타임캡슐을 누구랑 묻었는지는 끝끝내 기억나지 않았다.

일단 타임캡슐은 머릿속 미해결 사건 서랍에 넣어두기로 했다. 그러고 나니 이번에는 인터넷 세상 속 타임캡슐 생각이 스쳤다. 중학생 때부터 블로그에 글을 끼적이곤 했는데, 불현듯 그때 썼던 글들의 기억이 되살아난 것이다. 아주 오랜만에 블로그 관리자 계정에 로그인해 10년도 넘은 게시물을 열람했다.

지금 말하면 다들 놀라움을 금치 못하는 사실. 나는 중학생 때 밴드 보컬로 활동했다. 물론 친구들끼리 모여 만든 어설픈 아마추어 밴드이긴 했다. 얼마나 아마추어였냐면, 베이스와 일렉트릭기타를 할 친구가 없어 통기타만 세 명이었다. 나 말고 보컬이

한 명 더 있었는데, 사실을 말하자면, 그 친구가 메인 보컬이고, 나는 옆에서 코러스에 가까운 작은 화음 부분을 맡았다. 처음에는 프런트맨인 양 나섰지만, 다룰 줄 아는 악기가 하나도 없어서 친구들이 그것이라도 하라며 세운 파트였다. 아무도 우리에게 시킨 적이 없는데도 가을에 열리는 축제를 목표로 여름 방학 내내 같이 모여 맹연습했다. 몇 소절 되지 않는 내 파트를 위해 복식 호흡까지 배웠을 정도였다.

블로그에는 그렇게 열심히 연습하던 날들의 일기가 적혀 있었다. '연습 좀 더 하라'는 친구들의 댓글. 그 밑에 달린 "너나 잘해"로 비롯된 꼬리에 꼬리를 무는 유치하고 애정 어린 힐난들…. 마우스 휠을 더 아래로 내리자, 당시 찍었던 공연 영상이 남아 있었다.

신시사이저를 담당하던 친구가 치던 키보드 연주가 흐르는 동안, 메인 보컬과 내가 어설픈 쇼맨십을 발휘하며 관중들(이라고 해봤자, 중학교 아이들과 선생님)에게 사탕을 뿌려대는 모습이 고스란히 찍혀 있었다. 마지막에는 "여러분 감사합니다!" 하며 밴드 멤버들과 손 붙잡고 인사하는 장면까지.

그때 우리에게는, 가을 축제에서 상을 받는 게 인생의 목표이자 전부였다. 겨우 문화상품권 몇 장을 받았을 뿐이지만, 우수상을 탔다는 기쁨에 우리는 펄쩍펄쩍 뛰며 단상 위로 올라갔다. 친구들은 그날을 기억할까? 댓글에 달린 친구들의 아이디를 하나씩 클릭해보았다. 그들의 블로그는 아이들이 더 이상 찾지 않는 놀이터처럼 게시물 하나 없이 텅 비어 있었다. 다들 살기에 바빠 축제는커녕 나도 잊었을지 모르겠다는 생각이 들었다.

영원한 우정까지는 바라지 않았다. 그렇지만 우리가 함께한 추억이 친구들의 기억 속에서 잊혀 간다고 생각하니 서글펐다. 심지어 나란 사람의 존재까지도. 느닷없이 찾아온 애상감에 몇 번이고 공연 영상을 다시 보았다. 휴대전화 카메라로 찍은 영상의 흐리멍덩한 화질. 네모나게 깨져 희미한 얼굴과 배경 사이의 공백이 나의 기억으로 전부 채워질 때쯤, 노트북을 탁 닫았다. 더 보다가는 주체할 수 없이 슬퍼질 것 같았다. 혹시 내 기억 속에서도 이 순간이 잊힌다면 어쩌지? 친구들의 얼굴과 이름까지도.

그 두려움을 덮어두고 싶었다. 하지만 망각은 어쩔 수 없이 찾아올 터. 잊힐 게 슬픈 건, 내게 중요하고 소중한 기억이어서이겠지. 지금은 안에 뭘 넣었는지 도통 알 수 없는 타임캡슐도, 그때는 내게 세상에서 가장 값지고 귀한 물건이었다. 하지만.

아무도 파내지 않아 땅속에서 바스러져 간다고 해도, 중요한

걸 타임캡슐에 묻었다는 기억만은 내게 온전히 남아 있다. 얼굴과 이름이 희끄무레하게 잊힌 친구들과 즐거워했던 기억도. 그 마음은, 블로그 글 끝에 찍힌 게시 날짜처럼 그 시간 속에 분명히 살아 있다.

타임캡슐에 넣은 것은 그리 대수로운 물건은 아니었나 보다. 단 한 번도 파내보려고 한 적 없으니까. 다만 그때 우리가 그렇게 놀았다는 것. 타임캡슐이나 문화상품권 몇 장 같은, 별것도 아닌 것에 집착해서 그걸 진땀 흘려 묻거나 혹은 여름 방학 전체를 다 바칠 만큼 지나치게 열중했다는 것. 그건 다, 우리끼리 더 놀기 위한 핑계에 불과했겠지.

시간은 앞으로만 나아가고, 나는 가끔 아내를 저승에 두고 온 오르페우스처럼 눈을 질끈 감고 과거의 상념을 외면하며 살아갈지 모른다. 하지만 등 뒤에 두고 온 그 시간만은, 우리들의 그 마음만은 땅속의 금광처럼 반짝! 빛나고 있다. 사진 몇 장과 손 편지 따위가 들어 있는 채로.

매사에 무덤덤해지는 때가 오면 내 몸이 모래시계가 된 듯만 하다. 모래가 죄다 아래로 다 떨어져 내린. 가슴에는 표현하고 싶고 말하고 싶은 게 그득하게 쌓여 있어도 목 위로는 텅 비어 있는 듯 그 어떤 말도 생각도 할 수가 없다.

그런 시기가 찾아오면, 아무 영화관에나 혼자 가서 영화를 보았다. 영화라고 해서 책이나 미술 작품 등을 능가하는, 예상치 못한 자극을 받을 수 있는 건 아니다. 오히려 영화를 고르는 족족 스토리는 판에 박힌 영화적 공식을 따라갈 때가 많다. '저 사람, 결국 죽겠군' 하면 그다음 장면에서 등장인물이 바로 총을 맞고 죽는다. '너 자신 그대로를 사랑하라는 교훈을 주려나 보네' 하면 "있는 그대로의 너를 사랑해" 하는 남자 주인공의 고백 장면이 이어진다.

그런데도 영화관을 들락거린 건, 그저 울기 위해서였다. 울어도 이상하지 않은 장소는 내가 아는 한 교회나 상담소, 그리고 영화관뿐이다. 집은 왜 안 되냐고? 물론 가능은 하다. 그러나 집에서 혼자 울면 세상에서 가장 외로운 사람이 되므로 피해야 한다. 가족과 함께 산다면 왜 우는지 설명해야만 하고… 가끔 설명도 할 수 없는 슬픔도 있으니까. 또, 교회나 상담소는 일말의 책임감을 가지고 들어가야 하는 곳이라 문턱이 높게 느껴진다. 결국 남은 곳은 영화관. 클리셰 범벅인 슬픈 장면이 스크린에 나타나도 '뻔하군' 속으로 중얼거리며, 주변의 훌쩍훌쩍 우는 사람들을 따라 눈물을 흘린다. 관객 중 누구도 그런 나를 이상하다 여기지 않을 것이다. 눈앞에서 관객더러 울라고 만든 장면이 펼쳐지고 있으니까.

유달리 슬픈 영화가 아니더라도 주저 없이 울었을지 모른다. 불 꺼진 극장 안에서 사람들은 휴대전화 불빛과 대화 소리, 팝콘 먹는 소리에만 민감하다. 밤하늘처럼 큼직한 스크린 앞에서 영화 내용이 어떻게 흘러가는지는 별 상관 않고 나는 우는 일에 집중할 수 있다.

영화가 상영되는 동안은 모래시계를 잠깐 뒤집어두기라도 한 것처럼 가슴속에서 사락거리는 기쁨이 감돈다. 영화가 끝나고 크레디트가 올라갈 즈음에는 한결 개운해진 마음으로 밖으로 나설 용기가 생긴다.

가끔 행운이 찾아와 내 마음을 진정으로 울리는 천금 같은 영화를 만나는 날이면, 그때의 행복이란 더할 나위 없다. 그래서 내게는 남들과는 조금 다르게 영화의 별점을 매기는 독특한 기준이 있다. 영화적 완성도나 예술성을 따지기보다는, 내 눈물을 쏙 빼놓게 만든 영화일수록 높게 평가한다. 내 별점 평가에 따르면, 〈라라랜드〉는 별 다섯 개다.

'네에? 〈라라랜드〉가요?'라고 반문할지도 모른다. 내가 아는 시네필 하나는 "아니, 〈라라랜드〉가 5점? 당신, 취향이 좀⋯"이라고 했다. 글쎄다, 모르긴 몰라도 영화 좀 본다는 사람들이 보기에는 별로인 모양일까. 그래도 나는 영화의 마지막, '미아(엠마 스톤 분)'의 오디션 장면에서 이미 고장 난 수도꼭지처럼 울며 조용히 '따봉'을 하고 있었다.

요목조목 따지고 들면 〈라라랜드〉가 비평할 만한 가치가 그다지 큰 영화는 아니라는 걸 충분히 이해한다. 하지만 그러면 좀 어떤가 싶다.

스물한 살 무렵에 마술 극장에서 잠깐 일한 적 있다. 주말마다 열리는 어린이 마술 공연에서 조명 음향 오퍼레이터를 담당했다. 만 원 남짓한 입장료로 볼 수 있는 공연이어서 엄청나게 화려하거나 어려운 속임수가 있는 마술은 아니었다. 그곳에서 공연하는 마술사들 또한 본업은 따로 있었고, 마술은 아르바이트 개념이어서 마술에 대한 열의가 크게 있지도 않은 것 같았다. 한 마술사는 자기 비둘기를 좀 맡아 달라며 쌀 한 줌과 함께 내게 새장을 건네준 적도 있다(생각날 때마다 쌀 몇 알씩 주면 된다나).

그 마술사의 마지막 순서는 시들어 있던 꽃을 활짝 피어나게 하는 마술이었다. 나는 몽글몽글한 올드 팝을 무심하게 틀면서 마술사가 사랑이 듬뿍 담긴 얼굴로 축 처진 꽃에 정성 들여 물을 주는 장면을 바라보았다. 그가 뭔가 특별한 일이 일어나기 시작했다는 듯 꽃을 가리키면, 나는 조명 믹서 아래 몰래 숨겨둔 리모컨을 꺼내 버튼을 눌러 꽃잎을 한 장 한 장 펼쳤다.

그렇다. 그것은 허접한 마술도 아닌, 기계장치에 불과했다. 마술사는 활짝 피어난 꽃을 보며 환호하고 빙글빙글 춤을 추었다. 내가 리모컨을 동작하는 동안, 마술의 비밀을 궁금해하는 일부 아이들은 고개를 돌려 무대 뒤편에 있는 나를 미심쩍은 듯 주의 깊게 관찰하고 있었다.

가짜 마술쇼가 끝나면 마술사는 아무런 여지도 주지 않고 빨간 벨벳 커튼을 휙휙 치고서는 무대 밖으로 나갔다. 아무리 아이들이 "앙코르!"를 외쳐도 감감무소식이었다. 나는 작게 한숨 쉬며 "이제는 우리가 헤어져야 할 시간…" 하는 작별 인사 노래를 틀고 공연장 불을 켰다. 내 눈에는 그토록 엉터리인 부분이 많았는데도 부모님과 아이들의 얼굴은 기쁨으로 한껏 상기되어 있었다. "우리, 다음에 또 오자!" 하며 잔뜩 신이 난 아이들의 손을 잡고 부모님들은 공연장 문밖으로 만족스러운 듯 떠나갔다.

무대 앞에 떨어진 종이 폭죽을 빗자루로 쓸며, 아무도 없는 공연장을 둘러보았다. 조금 전까지만 해도 왁자지껄한 아이들의 목소리로 가득했던 곳이다. 똑같은 음악, 똑같은 조명으로 100번도 넘게 똑같은 마술을 연출하다 보니 첫 무대의 희열은 사라진 지 오래였다. 공연하는 동안 '저게 과연 재미있을까?' 싶어도, 아이들은 한결같이 즐거워했다. 내가 알고 있던 허술한 속임수 정도야 조금만 눈여겨본다면 다 알아챘을 어른들까지도.

헛웃음이 날 정도로 장엄한 검붉은 무대 커튼을 문득 바라보며 생각했다.

'예술의 형식이란 어쩌면 낭만을 투사할 수 있으면 그걸로 충분하군.'

나는 다시 휘파람을 불며 바닥을 쓸었다.

대단한 깨달음은 아니다. 내게는 뻔하디 뻔한 마술쇼가 누군가에게는 다음번을 기대하게 할 만큼 즐거운 시간이 될 수도 있다는 사실이. 그날 이후로 '좋은 예술작품'이 뭔지 함부로 단언하지 않게 되었다. 〈라라랜드〉는 누군가한테는 그렇고 그런 영화이겠지만, 나한테는 (다른 건 몰라도) 울기 좋은 영화인 것이다.

어린 시절에는 아직 마음이 여려서 그렇다며 울어도 다들 그러려니 넘어가는데, 어른이 되어 울자니 주책이라는 말을 면할 수가 없다. 그래서 다들 울 때 얼굴에 부채질하며 "어머, 나 갑자기 왜 울고 난리니. 미쳤나 봐. 진짜…"라고 하는지.

가자, 영화관에 울러

그러니 이유가 합당하지 않아도 울 기회와 장소만 있다면 힘껏 울어 젖혀야 한다. 내 마음의 둑이 축축하게 젖다 못해 와르르 무너지도록. 그러니 가자, 영화관에 울러.

지난여름, 세상에서 가장 기막힌 술집에 다녀왔다. 그날은 그림
책 모임이 있는 날이었다. 모임 일원 중 한 명이 대학로에서 전
시가 있어 다 같이 전시를 관람하고 근처 카페에서 모임을 갖기
로 했다. 그날따라 가는 카페마다 만석이었다. 하다못해 술집이
라도 갈까 했는데 술집도 사람들이 가득했다.

　지도를 켜서 근처의 호프집을 정신없이 찾던 중 '조은친구들'
이란 이름을 발견했다. "이 이름 재미있지 않아요?" 무작정 모
임 사람들을 이끌고 가게로 찾아갔다.

　문을 여니 널찍한 라이브 카페였다. 검푸른 조명이 내부를 묘
하게 밝히고 있었다. 한쪽으로 무대가 있었는데, 무대 위로는 기
타나 가라오케 기계, 신시사이저 등이 놓여 있었다. 와중에 손님

은 물론 사장님으로 보이는 사람도 없었다. 두리번거리고 있는데, 저쪽에서 "어머, 어서 와요!" 하면서 어떤 언니가 달려 나와서는 갑자기 내게 하이파이브를 하는 것 아닌가.

"저분, 아는 사람이에요?"

"그럴 리가요…?"

우리는 테이블에 앉아 맥주 한 잔씩을 시켜놓곤 가져온 그림책을 서로 돌려가며 읽은 뒤 이런저런 이야기를 나누었다. 그러다 이야기가 삼천포로 빠졌다. 나는 초등학교 4학년 학예회 때 동요 〈개똥벌레〉에 맞춰 공연한 적이 있다는 이야기를 했다.

"담임선생님이 노래에 맞춘 율동을 시켰는데요. '가슴을 내밀어도 친구가 없네' 하는 가사에선 말이죠…."

쓸쓸히 두 손을 가슴에 모은 채 몸을 떨었다. '가지 마라, 가지 마라, 가지 말아라' 하는 가사에 맞춘 율동을 설명하면서는 옆 사람을 붙잡고 애원하듯이 가지 말라고 흔들었다.

"참 황당하죠? 그땐 아무 생각 없이 시키는 대로 했지만요" 하고 허허 웃는데, 아까 인사했던 언니가 대뜸 "〈개똥벌레〉 불러요, 지금!" 하고 활짝 웃으며 달려왔다. 옆에 있던 남자 사장님도 무심하게 가라오케 기계를 켜더니 기타를 쥐고 무대 위에 앉았다. 막을 새도 없이 미러볼이 은은하게 켜지며 〈개똥벌레〉 반주가 구슬프게 흘러나왔다. 주춤주춤 무대에 서서 "아무리 우겨봐도…" 노래를 불렀고, 옆에서는 사장님이 리드미컬한 몸짓과 빼어난 솜씨로 기타를 쳤다. 지금, 나 꿈을 꾸고 있는 건가?

나를 뒤이어 그림책 모임 사람들이 무대에 나와 한 곡조씩 자신의 애창곡을 부르기 시작했다.

노래와 술에 취해 뜻밖의 끝내주는 저녁을 보내고 나온 우리는, 특별하고 이상한 경험을 나눈 동지가 되어 별안간 형성된 끈끈한 유대감을 느끼고 있었다. 가게 앞에 서서 "오늘 정말 재미있는 하루였네요!" 하고 조잘조잘 떠들었다.

"이번 주에 강원도나 가서 바다에 둥실둥실 떠 있을까 해요."

"저도 껴주실래요?"

그 주의 주말 계획을 말하는 분에게 나는 술기운 반, 진심 반으로 호기롭게 외쳤다. 옆에 있던 다른 사람들도 같이 가자며 손을 들었다. 그래도 내심 갈 일은 없을 것이라고 생각했다. 나를 어른이라 칭할 수 있다면, 대개 어른들의 모임은 그러니까. 혼자 기대를 했다가 실망하는 일은 어리숙하던 시절에 끝낸 지 오래였다. 사람들과 뭔가를 약속할 때, 팔 할은 안 될 것이라고 예상했다. 그건 오랜 세월 체득한 방어기제와도 같았다. 나를 상처 입지 않게 도와주는 '어른다운' 방법이기도 했다.

그 주 주말, 나는 정말로 강원도 바다에 누워 둥실둥실 떠 있었다. 다정하게 내리쬐는 6월의 햇볕을 온몸에 받으며. 수영 초급반 강습 때 배웠던 자유형, 평영, 배영 등을 어설프게 뽐내면서 여전히 존댓말을 하는 사람들에게 "저 잘하죠?" 하고 천연덕스럽게 물었다. 수영을 해본 적이 없다는 사람들에게는 나를 믿고 누워보라며 아기를 목욕시켜주는 사람처럼 물 위에 띄워주기도 했다. 귀에 물 들어가면 어떻게 하냐는 사람들의 말에 압력 차이 때문에 평행하게 누운 상태에서는 이론상 물이 들어가지 않는다며 구구절절 침을 튀기며 설명하기도 했다. 아무도 내 말을 주의 깊게 듣지는 않았던 것 같지만….

수영 강습 시간에 썼던 물안경까지 챙겨간 나는, 잠수를 하며 바닷속을 샅샅이 들여다보았다. 이리저리 헤엄치며 지나가는 사람들의 하얀 발바닥 아래로, 바닥에 가라앉아 있는 초록색 말보로 담뱃갑을 보았다. 이리도 아름답고 푸르른 바닷물과 모난 조약돌들, 괴상하게 깎아지른 바위가 있는 해변에 이토록 젠체하듯 깔끔한 인간의 문물이라니. 그 담뱃갑 쓰레기의 이미지가 선명하고도 불안하게 다가왔다. 어릴 때는 바닷속이 어떤지 생각할 새도 없이 그 위를 헤엄치며 놀기 바빴다. 수면 아래의 일은 내게는 관심 밖이었다.

순간, 깊게 생각해본 적 없던 지구 멸망을 떠올렸다. 쨍쨍한 여름날 문득 머리 위로 떨어진 물 한 방울에 불현듯 소나기를 예감하듯이. 우리는 지구상 마지막 바다 수영을 즐기고 있는 건지도 모른다고 감히 상상해보았다. 모든 끝은 예고하며 등장하지 않으니까. 언젠가는 우리 대신 무수한 담뱃갑 따위가 이 바다를 독점하며 떠다니겠지.

동시에 은밀하게 이렇게도 생각했다. 그래도 좋다고. 이게 마지막이라면, 더욱 낭만적으로 기억될 테니. 고도의 체념처럼 들릴지도 모르겠지만, 모든 것은 반드시 사라지고 죽게 마련이다. 세상에 태어나는 한 언젠가 죽을 것이라는 사실이 막연하고 두려워서, 그리고 삶이 바쁘고 고통스러워서 모두들 잊고 살 뿐이다. 그러므로 끝을 상기하는 것은 지금 이 순간을 더욱 소중하게 만들어준다. 너무나도 각별해서, 눈물을 참으며 유리 상자나 보석함 안에 넣어버리고 싶을 만큼.

애써 멸망을 긍정하려는 건 아니다. 고백하건대, 나는 문학적으로 그 상황을 즐기고 있었다. 외면하는 건 부끄럽지만 내가 살아가는 방식이다. 적극적으로 권장하고 싶지는 않지만, 나한테는 딱 맞는다.

물속에 겨우 30분 있었던 것 같은데, 우리는 점점 녹초가 되었다. 누군가가 좀 쉬자고 제안해서 다들 비척비척 걸어 나와 모래

위에 엎드렸다. 같이 노래를 들을까 하여 도마의 〈초록빛 바다〉를 틀었다. 바다에 갈 때마다 내가 듣는 노래다. 무척 좋아하여 바다에 갈 때 말곤 아껴 듣는다. 작열하는 태양 아래, 별도리 없이 물놀이에 지친 우리는 말없이 누워 그 노래를 듣고만 있었다. 나는 이 순간을 오래도록 기억할 수 있도록 곱씹고 또 곱씹었다.

비싸고 별 특징 없던 성수기 해변가 횟집의 코스요리를 저녁으로 먹고 나니 하늘이 잿빛으로 변해 있었다. 파도치는 밤바다 옆을 따라 노래방까지 걸어가기로 했다. 거기서 가까운 노래방은 걸어서 1시간 거리였다. 그렇게 먼 거리를 걸어갈 엄두가 안 났는데, 한 사람이 당연하다는 듯 앞장서며 걸어 나갔기에 나머지 사람들도 어리둥절 따라나섰다. 바닷물이 밀려오면 도망치는 장난을 하면서 걷는 동안, 잿빛 하늘은 별이 보일만치 깜깜해졌다. 총총히 박힌 별들을 보다 보니 어둠에 눈이 익숙해져 별이 점점 더 많아졌다. 오래된 전구처럼 별빛은 작아졌다 커졌다를 반복했다. 술에 취해 그렇게 보였는지도 모른다.

긴 여정 끝에 당도한 노래방에서 우리는 '조은친구들'의 영광에 지지 않게, 타이틀곡에 숨겨진 수록곡을 부르는 가수처럼 또 다른 애창곡들을 열창했다. 줄지 않는 서비스 시간 동안 〈서시〉

라든가 〈당돌한 여자〉 같은 다소 고전적인 노래부터 애니메이션 주제가까지 불렀다. 부르고 싶은 노래를 목이 쉬도록 부르다 나는 으레 노래방에서 마지막 곡으로 부르는 버즈의 〈나에게로 떠나는 여행〉을 예약했다. 되도 않는 록 발라드를 뻔뻔하게 내질렀다.

주말에 바다에 누워 있고 싶다는 생각만으로 떠난 여행이었다. 다른 계획은 몰라도 여행 계획만큼은 늘 엑셀로 시간·장소·비용 따위 항목을 나눠 짜둬야 직성이 풀리곤 했다. 완벽하기란 불가능에 가깝지만, 그러려고 노력하면 적어도 실수는 없다고. 그런데 잘 알지도 못하는 사람들과 이렇게 얼렁뚱땅 여행을 오다니. 심지어 웬걸, 이번 여행은 대성공이었다. 실패할 가능성이 더 큰 여행이었는데도. 실은 어느 정도는 실패했는지도 모르겠다. 여행 이튿날 숙소 밖을 나오자 비가 내리고 천둥까지 치고 있었으니.

하지만 뭐 어떤가. 바닷속의 말보로 담뱃갑 하나에 디스토피아 영화 한 편을 상상할 수 있는 나는 낭만화의 대가 아닌가. "비 오니까 그 노래 생각나지 않아요?" 하며 〈비와 당신〉, 〈비 오는 거리〉 같은 노래를 메들리로 부르다 보니 거짓말처럼 하늘이 개어 있었다. 덕분에 진절머리 날 만큼 바다 수영을 더 할 수도 있었다. 그날 온종일 비가 왔다고 해도 분명히 재미있었을 것이다. 먹구름이 걷히길 기다리며 앉아 있던 카페에서 사람들과 서로의 초상화를 그려주느라 시간 가는 줄 모르고 웃고 있었으니까.

그러니 망했어도 티만 안 나면 오케이다. 사실, 모든 건 어느 정도 망해가고 있다. 우리는 산소 없이 살 수 없지만, 산소가 체내에서 산화하며 우리를 늙어가고 죽어가게 만든다. 그게 두렵다고 당장에 숨을 참으면 질식해서 죽게 될 뿐이다. 고등학교 친구가 한 말 중에 아직도 기억에 남는 말이 있다. "이별의 아픔을 걱정해서 아무도 사귀지 않는 건 겁쟁이들이나 하는 짓이야." 당시에 나는 사귀던 사람과 헤어져 심장에 다이너마이트가 터진 것처럼 너덜너덜하게 아팠다. 그런데 친구가 누굴 사귄다기에, "헤어질 게 두렵지 않아?"라고 물었더니 돌아온 대답이었다. 그 말을 듣고 얼떨떨하게 서 있었다. 친구는 얼마 지나지 않아 헤어졌던 것 같다. 하지만 그런 건 전혀 중요하지 않았다.

쓸데없는 감상에 젖지 않아도 모든 건 헤어지고 망하는 쪽으로 흘러간다. 자명한 사실이다. 하지만 내가 말보로 담뱃갑을 보고 지구 멸망의 공포에 사로잡힌 채 하릴없이 울지 않았던 것처럼, 뻔히 망할 줄을 알아도 그냥 가는 것이 필요하다. 내가 상상한 어떤 디스토피아적 세상이 언젠가 찾아온다고 해도, 한낱한 시에 모두 죽지 않는 한 사람들은 계속해서 살아갈 것이다. 결국 그때도 나름의 사랑과 모험을 펼칠 수밖에는 없을 것이다. 세상이 망할 듯 천둥 치는 창밖을 바라보며 카페에 갇혀 시시하게. 서로의 얼굴을 보고 실없이 웃으며.

천하제일 허술함 대잔치

미니 해나리 인형

눈치 보는 스탠드

해나리 인형

헐레벌떡 강아지

생쥐를 위한 치즈대백

러브 레터

불법 복제 근절 비디오

부시시 나무

어리바리 나비

포트 안의 꽃

하와이안 고양이

맹귄

캔디바 토끼

머리 큰 고양이

어라라?!

바둑 고양이

special **6** 침이 고이네

저스트 오므라이스

저스트 오니기리

강쥐 한 잔의 여유

나는… 왜?

소다 램프

홀리 램프

키티 램프

허술하면 좀 어때

이런 나인 채로, 일단은 고!

첫판 1쇄 펴낸날 2023년 7월 27일

지은이 띠로리
발행인 김혜경
편집인 김수진
책임편집 김유진
편집기획 김교석 조한나 유승연 곽세라 전하연
디자인 한승연 성윤정
경영지원국 안정숙
마케팅 문창운 백윤진 박희원
회계 임옥희 양여진 김주연

펴낸곳 (주)도서출판 푸른숲
출판등록 2003년 12월 17일 제2003-000032호
주소 서울특별시 마포구 토정로 35-1 2층, 우편번호 04083
전화 02)6392-7871, 2(마케팅부), 02)6392-7873(편집부)
팩스 02)6392-7875
홈페이지 www.prunsoop.co.kr
페이스북 www.facebook.com/prunsoop   **인스타그램** @prunsoop

ⓒ 띠로리, 2023
ISBN 979-11-5675-424-4(03810)